岳飞传

金帆◎编

海峡出版发行集团 THE STRAITS PUBLISHING & DISTRIBUTING GROUP | 福建教育出版社

图书在版编目（CIP）数据

岳飞传/金帆编. —福州：福建教育出版社，2018.7（2020.11 重印）
（何捷主编）
ISBN 978-7-5334-8148-3

Ⅰ. ①岳…　Ⅱ. ①金…　Ⅲ. ①章回小说—中国—清代
Ⅳ. ①I242.4

中国版本图书馆 CIP 数据核字（2018）第 104301 号

主编　何捷

Yuefei Zhuan

岳飞传

金帆　编

出版发行	福建教育出版社 （福州市梦山路 27 号　邮编：350025　网址：www.fep.com.cn 编辑部电话：0591-83786690 发行部电话：0591-83721876　87115073　010-62027445）
出 版 人	江金辉
印　　刷	北京一鑫印务有限责任公司 （北京市顺义区北务镇政府西200米 邮编：101300）
开　　本	960 毫米×1280 毫米　1/32
印　　张	7
字　　数	138 千字
版　　次	2018 年 7 月第 1 版　2020 年 11月第 2 次印刷
书　　号	ISBN 978-7-5334-8148-3
定　　价	28.00 元

总 序 | *FOREWORD*

人生那么短，有时间就读经典

每个人成年后，都有一个难以回避的遗憾——童年的时光那样珍贵，而我们却常常无端浪费。

在我看来，童年，就是阅读的大好时光。有一句心里话，与大家分享：“儿时正是读书时。”你不得不承认，小时候拥有最自由的阅读时间。虽然说那些让人讨厌的作业整天形影不离缠着你，虽然说学习看起来还真的不是那样简单，但和未来要承担繁重工作的你相比，儿时的你，的确有大把大把的时间可以自由支配。儿时，还是最有精力的时候，只有等到你长大，或者像我一样到了中年，你才会知道什么叫做“牵绊”，什么叫做“分散”，什么叫做“心有余而力不足”。而等你感受到的时候，就是遗憾降临的时候。至今清楚地记得，相对于如今的我而言，小的时候我也曾精力充沛，而不能原谅的是，却看着时间大把大把地从我的生命中流逝。

最重要的是，儿时是最能琢磨出读书趣味的时候。因为小，所以你的无知也显得可爱，所以什么都值得你读一读。儿时的好学就是特质，似乎什么都值得你了解，什么对于你来说都是新鲜的。世界上的一切都在召唤你去探索，去改变。无疑，阅读是最佳的方式。阅读，最经济，最简单，最直接，最有效；不知道的，感兴趣的，都可以通过阅读来获取。

这样看来，读书是不二的选择，这点毋庸置疑了。只是要知道：小的时候读了多少？读了什么？怎么读？这些几乎决定了你未来怎么成长，长得好不好，长成什么样。接下来我们就说说“为什么要读经典”。

很多人对我的童年读书经历很感兴趣。他们从我的课堂上，从我出版的教学专著中，做了很多猜测：课上成这样，书出版得这么多，小的时候，他一定读过不少书吧。不然，怎么这样能写，如此能说？大家猜对了，我小的时候，书的确读得多。不过我读的更多的是大家瞧不上的“小人书”，一共好几个抽屉呢。请不要笑话哦，在我童年的那个年代，能够读几个抽屉小人书，一定是“家境优越”“家风正派”的。我的爸爸是党报的编辑，他非常重视我和姐姐的阅读，因此，他花了很多钱，为我们购买了这些小人书。这在当时，算得上是一种奢侈品。所以，我的童年过得是有滋有味的。记不清具体是哪一年，依稀是四年级吧，有一天妈妈下班回来，带给我几页金庸先生写的《射雕英雄传》的残页。所谓“残页”，就是工厂印刷失败后留下的废纸啦。妈妈在新华印刷厂工作，她为我捡回这些残页，并没有太多想法，只是丢给我，让我随便看看。没想到这一看，我就像着了魔似的，开始如饥似渴地读起金庸的武侠小说来，一本接着一本，根本停不下来，真正是到了可以不吃饭、不睡觉也要看的地步。读了如此有意思的书后，那些小人书就排不上队了。瞧，好的作品有曲折动人的情节，有活生生的有血有肉的人物，有精致诱人的细节，有让人沉醉其间的魅力。后来，小学时的每一个中午，我都是捧着厚厚的金庸小说睡着的。再后来，我还把自己的网名起为“语文老顽童”，你一定明白，这是深深地受到了经典武侠小说的影响。

阅读经典，就像用针在你的灵魂里纹绣美图。

中学时，书读得少了。到了师范学校，我全心全意地修炼教师基本功，读得也不够。做了老师，阅读的缺损就来惩罚我了。课设计得很单薄，言论没有内涵，很浅薄，一切都显得轻飘飘的。这个时候，依然是妈妈告诉我：别慌，可以用读书去改变。于是，在妈妈的鼓励下，我又一次开始阅读。真的有惊喜啊，小时候所有的阅读体验都在重新阅读时顺利复活了。阅读，其实就是一种记忆的唤醒，就是一种微火的吹燃。儿童时代所有的阅读，都构成了我们的阅读历史，构成了我们的生命，都成为我们不断成长的动力。儿时阅读，是至关重要的。

我还欣喜地发现：当老师爱上阅读，学生自然爱上阅读。

教师引导儿童阅读，绝非难事，但不要过于强调，大张旗鼓。一个老师爱读书，所带的班级学生自然也爱读书。所以，起初我主张自由阅读，并不做具体的推荐。孩子读得很随意，他们喜欢那些像“饮料”一样，乍一看很刺激的书。虽然读了，但读得不对，进步自然很慢，甚至言行还出现偏差。读什么书，对人的影响是巨大的。后来，我让他们更多关注经典这一类犹如“粮食”一样的书，情况一下得到了好转。什么是像“粮食”一样的经典呢？首先，这些书并不哗众取宠地讨好你，相反，也许你初读时并不感觉“好在哪里”，甚至还有些“读不懂”，或者是读了，有感觉了，但一切都是恬淡的、舒适的、自然的，只是的确有一种说不清楚的诱惑力，让你舍不得放下。之后，你再读，可能就会品出其中的滋味了。这种感觉让人难忘，简直说是无法磨灭。再后来，你也许会不断主动重复阅读，因为你的身体、心灵都在要求你再读一读，你已经和这些经典的书融合在一起了。经典，已经化为你的血液了。这如同粮食对人的给养，让你慢慢成长。在此之后的一生中，无论遇到什么样的情况，经逢各种各样的事，你的脑海中都会冒出一个形象，一个桥段，一个细节，它们都存活在经典中，都在冥冥中给你力量，给你帮助。这就是经典带来的力量。于是，你做出了一个很有意思的决定——把这本书推荐给身边最亲爱的人。

明白了吧,这就是我今天为什么向你推荐这套经典读物的原因了。我也是被经典打动、滋养的。我怎么能独享？当然要和你一起欣赏。

这套近百部的经典，已经不需要再次罗列书名了。对你来说，它们简直就像老朋友，真有一种“低头不见抬头见”的亲切感。但我相信，这一次你阅读它们，阅读这一套丛书，会有很多新的收获。我接下来和大家说说“如何读才好”。

经典，已经摆在我们面前，该怎么去读呢？答案很简单，三个字——慢慢读。

经典是最值得你花时间去品味，去琢磨，甚至多读几遍的。我敢保证，每一次阅读你都会有不同的发现。我希望，你可以不断进步，让阅读的层次不断提升，越读越会读。比如说，有的人读经典，只喜欢其中叙述的故事。的确，故事很精彩，但光是停留在故事，停留在内容，就等于你开采到了一块宝石，但是你却抚摸包裹在外的石衣，还没有看到真正璀璨的光芒。只读故事，损失了经典十分之九的色彩。有的孩子已经知道读经典是需要手到、眼到、口到、心到的，可以做些笔记、摘抄，做一些批注，还可以写一些随想、感受，等等。长期这样阅读经典，等于同时养成一个习惯，让自己的读写能力完成日积月累的增长。一段时间以后，你的语言也发生了变化，你的文章越发的漂亮，你看问题的角度也变得与众不同，这就叫“腹有诗书气自华”。记住，好习惯是需要日积月累的，坚持就是你永远应该保持的姿态。

必须说明，还有一种小孩非常特别。他们读书时善于思考。每次接触经典，他们都会去思考：到底这样的经典是怎么写成的呢？为什么这些故事会流传到今天呢？为什么至今还有那么多人喜欢呢？

带着探索的心，一边想，一边读，你将层层剥笋，如获至宝。每读一次都将增长读与写的功力，变得能读善写。比如说读了《水浒传》，你会发现每个好汉都有他的绰号，而绰号和好汉的特点是相关的，你开始琢磨作者是怎么去构思并写出这么多各具特色的人物呢，哪些细节让我们留下对人物深刻的印象呢。再比如说你发现《西游记》中有一个故事叫“三打白骨精”，《三国演义》中有个故事叫“三顾茅庐”，还有“三气周瑜”，《水浒传》中有“三打祝家庄”的故事。为什么都是“三”呢？是巧合吗？难道真是发生了三次吗？读得多了，你会发现这也许就是一种创作的手法吧。再往下读，你又会看到许许多多的作品中居然都有这个神秘的“三”的存在，慢慢地你就会用“三”的结构来写自己的故事。看，你不就又成长了吗？

阅读了这套书，接触过近百部经典之后，你会非常欢喜，因为收获满满，实实在在。这时候，我希望你把这些经典推荐给自己的小伙伴，或者，直接跟同伴讲这些经典故事吧。经典本身就需要被口耳相传，经典本身就可以通过一次又一次的接力传承下去。你甚至会发现，身边处处都是这些经典的影子。例如，有的经典被拍成电影，有的经典化为一个个细小的话题，有的值得进行专项的研究性学习、主题研究，等等。读经典，让整个人都变了。读经典的妙用就在于“陶冶性灵，变化气质”。

童年正在流逝，还等什么？赶紧读经典吧！

2017年10月

目　录 | CONTENTS

《岳飞传》导读方案

一、通过文学名著了解丰富的社会生活

文学作品反映了广阔的历史画面，展现了丰富的社会生活。阅读名著，要注意把握作品的主要内容，了解作品所反映的社会生活。

1. 了解作品中所展现的社会生活

文学作品往往通过设置重要的情景以及典型事例来反映社会问题，揭示出相关的社会现象。阅读名著，要注意把握作品的主要内容，了解作品所反映的丰富的社会内容。

再现北宋末年到南宋初期，英勇抗金的爱国志士的奋斗历程 ➜

本书讲述了抗金英雄岳飞的传奇故事。岳飞少年时即文武双全，金兀术兴兵南犯，岳飞奉诏抗金，边疆打败金兵。朱仙镇一役后，秦桧以“莫须有”的罪名，屈杀岳飞父子于风波亭。后来，宋孝宗为岳飞平反昭雪。

展现宋金战争时期南宋山河破碎、官场腐败、民不聊生的黑暗社会现实

➜

《岳飞传》是在南宋立国未稳、金兵大举进犯的背景下展开的。以岳飞为代表的爱国将领们力主抗金，而以秦桧为首的汉奸们主张卖国求和。宋高宗生性懦弱，主张偏安一方，便站在了投降派这一边，这就注定了主人公的悲剧命运。当我们看到岳飞在战场上轰轰烈烈地抗金，最终却屈死于风波亭中，不禁为他的愚忠和社会的黑暗而感到强烈的震撼。

2. 体会作者在作品中所表达的思想和情感

文学作品在反映社会生活的同时也饱含了作者的思想和情感，体现出作者对社会生活的评价和态度。阅读名著时要注意把握文章的中心思想。

歌颂了岳飞与他的众位兄弟精忠报国、拼死保卫祖国的爱国热情和英雄气概

➜

作者用详细的笔触描绘了岳飞忠勇的一生，通过大大小小的战争表现了岳家军英勇抗金的英雄气概，热情地歌颂了岳飞等人不畏艰险、宁死不屈的爱国热情。

表达了作者对“奸邪误国”的愤懑之情

➜

作品通过对精忠报国的岳飞从转战沙场、屡建奇功到被奸臣所害、冤死风波亭的描述，展现了封建社会从上到下的腐朽和黑暗，表现了忠义之士难以施展才能的腐败社会环境。黑暗现实与岳飞等人高尚的爱国情操形成鲜明的对比，强烈震撼着读者。

二、把握人物形象的塑造

人物形象的塑造是评价文学作品的一个重要标准，学会分析品评人物形象是阅读能力的体现。阅读文学名著，要抓住人物形象进行解读，深入分析人物的性格特点，从而加深对作品主要内容和中心思想的理解。

1. 人物形象的主要性格

塑造人物成功与否的一个关键就是看人物是否具有鲜明的性格特点。一个能给读者留下深刻印象的人物形象必定具有某些不可替代性，具有其他人物所没有的个性特征。

岳飞：志向远大 ➤

幼年丧父的岳飞在王家庄长大，由于家庭贫寒，不能上学，但他从小志向远大，题诗明志："投笔由来羡虎头，须教谈笑觅封侯。胸中浩气凌霄汉，腰下青萍射斗牛。英雄自合调羹鼎，云龙风虎自相投。功名未遂男儿志，一任时人笑敝裘。"

岳飞：忠心爱国 ➤

岳飞一生胜仗无数，朱仙镇打败金兵后，皇上被奸臣蒙骗召他回京，他明知回京凶多吉少，依然让众兄弟好好守边，一定要打败金国。他说："如果此去有闪失，众位兄弟一定要齐心协力杀敌报国，我也就瞑目了。"精忠报国是他坚持了一生的坚定信念。

2. 人物性格的复杂性

文学作品总是要反映生活的复杂性，人物的刻画也是如此。一个成功的人物形象不仅要具有鲜明的性格特点，还要体现人性的复杂性与矛盾性。

岳飞：重情重义 ➤

岳飞抗金取得的胜利与他一路上收服的众位兄弟的帮助是分不开的，他为人亲和，以仁义服人，从不计较个人得失，对兄弟们情深义重。

岳飞：愚忠观念 ➤

当皇上在奸臣秦桧的蒙蔽下连发十二道金牌召岳飞回京时，当王横被秦桧的手下乱刀砍死时，当得知自己将在风波亭被害时，岳飞依然念念不忘忠义之名，亲手绑住了岳云和张宪，最后被奸臣所害，这是愚忠的悲剧。

三、品味文学作品的语言

语言的成功运用是文学作品成熟的标志之一。对文学作品语言的把握和理解是阅读能力的一种重要体现。把握文学名著的语言可以感受作者个性化的语言特色，也可以体会作者复杂的情感和独到的感受。

语言简洁凝练

“他举枪挑开大砍刀，一枪直刺小梁王心窝。小梁王见来势凶猛，身子一偏，正中勒甲带。岳飞就势把小梁王一抬，把他头朝下、脚朝上挑落马下，又一枪结果了他的性命。”这是枪挑小梁王的整个过程，寥寥数语，只用了“挑开”“直刺”“抬”“挑落”“结果”这几个动词，就细致地描摹出岳飞的高超武艺，语言简洁、凝练。

四、体会其他艺术特色

情节叙述的技巧、情景交融的运用、结构的巧妙安排等等都可以增添文学作品的亮点，甚至可以起到点石成金的作用。所以在把握文学名著的语言之外，还要注意体会其他的艺术特色。

擅埋伏笔，设置悬念

作者在叙述中多次使用伏笔、铺垫、悬念的表现手法，使小说的情节扑朔迷离，故事发展扣人心弦，引人入胜。使读者在阅读的同时产生思考，这是章回体小说的重要特色，也显示出作者巧妙的叙述模式和高超的写作技法。

本书在《说岳全传》原著基础上加以改编，以更适合青少年阅读。

名著阅读能力提升要点

阅读能力提升要点	理解词语的深层含义
	体会关键语句的作用
	准确把握文章内容
	深刻体会作者思想情感
	感受作品的艺术特色
	对人物形象做出自己的评价
写作能力提升要点	扩大知识面，积累写作素材
	拓展思维，巧妙构思立意
	勇于创新，充分发挥想象力
	巧用修辞，使语言生动形象
	准确描述，灵活运用表达方式
	感情真挚，真实表达思想情感

第一章 降祥鸟岳飞出世 泛洪涛母子逃生

宋朝徽宗崇宁二年（公元1103年），早春二月时节，天气回暖，万物复苏，一派生机勃勃的景象。在河南相州汤阴县的岳家庄里，一个小男孩降生了。他的出生给他的父母带来了很大的惊喜。

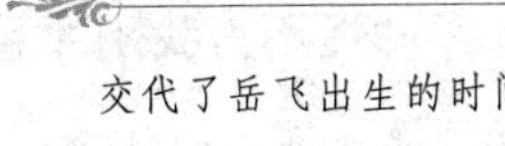

交代了岳飞出生的时间和地点，写出了主人公出生的背景。【人物背景描写】

这位新父亲姓岳名和，他的家里有些田地，又十分乐善好施，人们都叫他岳员外。他的夫人姓姚，也是一位慈善的妇人，但姚夫人年纪已有四十来岁了，却一直膝下无子。如今生了孩子，还是个男孩，夫妻两个喜得贵子，都高兴非凡。仆人们也跟着高兴，还纷纷说小少爷出生的时刻，家中的屋顶上曾经落下一只大鸟，五彩斑斓，十分好看。这只大鸟在屋脊上栖息了一会儿，鸣叫几声之后就飞走了。

岳和想着这是个好兆头，更加欣喜，就一直在内室抚弄着孩子，爱不释手，想着三日后的“三朝”庆典应该怎样庆祝，同时思索着该给孩子取一个什么样的名字。这时，岳家的仆人进来报告，说有一位道人在门外求见，坚持要见老爷。岳和心中奇怪，但因为喜得贵子，心情愉快，就让仆人把道士请进来。

道士一进门，岳和见他精神饱满，相貌不凡，就十分热情地接待了他。详谈中，岳和更发现道士是一位得道高人，就把刚出生的孩子抱出来，请道士给起个名字。道士一看，暗暗吃惊，因为孩子虽然刚刚出生，但却看得出相貌不凡，必成大器，他连连称奇说：

借道士的观察，点出岳飞不凡的出生和辉煌的未来。【侧面描写】

“怪不得我刚才看到一只大鹏鸟停在你家的屋顶，原来是令郎引来的，我正是为这件事而来。这个孩子将来必成大器，我就给他取个名字吧。”

道士略作思索，说：“我给他起名岳飞，表字‘鹏举’，希望他以后能像大鹏鸟一样展翅高飞。你看如何？”

岳和喜出望外，对道士千恩万谢，并命令仆人准备酒饭，盛情款待。用完了饭，道士辞别岳和走出门外，忽然发现岳家的门外有两口大花缸，他看着大缸出了一会儿神，然后走过去，在其中一口花缸上画了一道符，然后对岳和说：

“这口花缸能驱邪避凶，以后如果小岳飞被什么事情惊吓到了，可以叫夫人抱着他坐到这口缸中，就可以平安无事。”

岳和听了不太明白，但还是点点头，谢过了道士，心中却没有在意这些话。送走了道士，岳和就回到内室，准备三日后的庆典。

这一段是过渡段，既写道士的话令人费解，又预告三天后盛大的庆祝场面，让读者带着悬念继续往下读。【设置悬念】

到了第三天，岳家张灯结彩，往来的亲朋好友、邻里乡亲都来为小岳飞庆贺。岳和里里外外地迎接客人，大家都欢喜异常，祝贺岳员外中年得子。岳和也喜笑颜开，在席间接受道贺。酒过三巡，众人齐声要求岳员外将小岳飞抱出来给大家看看。

岳员外满口答应，随即到内堂抱来了小岳飞与大家相见。亲朋好友们围拢过来，只见他生得顶高额阔，鼻直口方，相貌不凡，大家都称赞不已，连声说岳员外得了个状元苗子，这孩子以后一定光耀门楣。还有人伸出手点点小岳飞，表示疼爱。

不料，人群里有个十几岁的男孩，挤到岳和身边，冒冒失失地捏着小岳飞的手，往上抬了抬，说："好可爱的小孩儿啊！"

也许是说话的声音太大了，也许是男孩的动作太突然，他的话音未落，小岳飞就哇哇大哭起来，无论大家怎么逗弄，父亲怎样安抚，就是停不下来。

事出突然，小岳飞果然受到了惊吓，应验了道士的话，进一步推动了情节发展。【前后照应】

岳员外着了急，顾不上众位宾客，急忙慌慌张张地将小岳飞抱进里屋，交给姚夫人抱着哄一哄，但孩子依然不停地啼哭。见儿子啼哭不止，岳和一时不知所措，姚夫人也在一边埋怨他莽撞，并让他请个大夫来看看小岳飞。

一语提醒了岳和，他急忙请来一位大夫，但大夫检查了几遍，一点毛病也没有。姚夫人急得也跟着哭起来。见出了这样的意外，来贺喜的客人都纷纷散去了，岳和也没有时间顾及，只是不住地唉声叹气。

正在不知所措时，岳和忽然想起几天前，给小岳飞起名字的道士临走时说过“以后如果小岳飞被什么事情惊吓到了，可以叫夫人抱着他坐到这口缸中，就可以平安无事”的话，就把这件事对夫人说了。姚夫人听了，虽然将信将疑，但也没有别的办法，见小岳飞还在啼哭，小脸儿憋得通红，就擦了擦眼泪说：“既然如此，就听道长的话，快抱出去试试吧。”

“将信将疑”“擦擦眼泪”，几个词语表现出岳母温和、慈爱的性格特征和要安抚孩子的急切心理。【人物描写】

姚夫人穿好衣服，抱了孩子，来到花缸前。岳和怕夫人和孩子受凉，又叫丫环拿了一条绒毡铺在道士画了符咒的花缸里。姚夫人抱着孩子坐进缸中，说也奇怪，刚到缸中，小岳飞立刻不哭了。

姚夫人舒了口气，岳和也暗自庆幸，在心中感谢道士。不想正在此时，只听得一声巨响从远处传来，哗哗的水声由远而近，转眼间滔滔洪水就漫进来，浪头一个接着一个，很快岳家庄就成了一片汪洋，到处是啼哭声和呼救声。

洪水来时的环境描写，从声音的描绘到场景的渲染，把灾难的突然性和破坏性刻画得明明白白。【环境描写】

岳和扒住缸边才没有被冲走，他立刻明白是黄河决口了。滚滚的黄河水冲毁了堤坝，自己的家园已经被洪水淹没了。花缸在水中浮浮沉沉，姚夫人急得大哭，道：

“老爷，这可如何是好！”

岳和见花缸无法承载一家三口，就对夫人说：

“看来我是活不成了，我岳家就留下这一点血脉，你一定要设法保全，不要想着我，这样我也能死而无憾了。”

对岳和的语言描写，突出表现了岳和爱子情深和愿为妻儿牺牲自己的精神。【语言描写】

姚夫人刚要说话，一个大浪打来，岳和放开了扒住缸沿的手，立刻被卷到漩涡中去了。姚夫人坐在缸中，眼见着丈夫被洪水卷走，惨叫一声晕了过去。

过了许久，姚夫人醒过来，见自己仍然在这口大缸中，孩子也还在怀里，双眼紧闭，没有动静。周围围了好多人，指指点点。姚夫人全身虚弱，也不知道到了什么地方，只能抱紧孩子，连哭的力气也没有。正在这时，围观的人群分开了，一位面目和善的员外从人群中走出来，身后跟着几个家仆。

员外来到姚夫人面前，问道：“你是哪里人？怎么坐在缸中？还有什么家人？”

听了这话，姚夫人想起自己的丈夫，就流着泪说：“我是汤阴县岳家庄人氏，丈夫姓岳名和，被洪水卷走了，生死未卜，恳求好心的老爷救救我们孤儿寡母，帮我寻找我的丈夫。”

这位员外姓王，叫王明。原来姚夫人坐在缸中，随着水流一直漂到了河北大名府的内黄县才停了下来。这里离城三十里，名叫麒麟村，工明就是麒麟村里的员外。

这天，王明早上一起来，家人王安就来禀报，说是黄河发大水，冲来了好多东西，村民们都在哄抢，王明急忙披

交代王明员外出现的背景，并把王明的行为与哄抢的村民作对比，衬托出他的善良和热心。【对比修辞】

上衣服，带着王安一起来到河边察看情况。刚来到河边，就看见一口大花缸停在岸边，许多村民乱哄哄地围在周围，打捞水中冲下来的财物。他走近前才看到缸里有人。

王员外是个好心人，他见姚夫人十分可怜，就说：“夫人，不要害怕，我们这里是河北大名府内黄县麒麟村。我姓王名明，就住在这里，家就在前面。夫人如果愿意就先到我家暂且住下，休养几天。关于你的丈夫，等我派人去汤阴县打听清楚，再送你们母子回去，你看可好？”

姚夫人知道遇上了好人，就千恩万谢，随王员外回到王家。王明的妻子何夫人也是仁慈的人，连忙让仆人打扫房间让岳飞母子住在自己家。王明立刻派人去打听岳和的下落，却一直没有音信。姚夫人知道自己的丈夫很可能已经不在人世，十分伤心，就想自尽跟着丈夫去。但想起丈夫临终前的嘱托，再看看怀中还未满月的孩子，就坚定地抱紧小岳飞，发誓要把岳飞抚养成人。

王明和何夫人一直无子，十分喜欢岳飞，也很照顾他们。善有善报，岳飞母子来后的第二年，何夫人也生下一个儿子，王明夫妻十分高兴，给孩子取名王贵。两个孩子就在长辈的关爱下一起成长起来。

·品读与欣赏·

文章情节起伏，悲喜交加，一波三折，十分引人入胜。从岳飞出生时全家的欣喜，到道士来说岳飞必成大器，喜气上升；接着道士预言岳飞会被惊吓，为后文埋下了伏笔。随后是“三朝”庆典，喜气达到高潮，然后急转直下；岳飞受惊吓医治无效，按道士之言坐到缸中，转忧为喜，读者刚松了口气；不料洪水突然暴发、母子遇难、岳和身亡，这是悲到了顶点。最后岳飞母子得以逃生，遇到王明，岳飞从而转危为安，健康成长，使读者读来津津有味。文中的描写手法多样，正面、侧面、语言、神态，笔笔不乱，并为下文埋下了伏笔。

·学习与借鉴·

1.结构完整：文章的主题是“岳飞出世，母子逃生”，全文紧紧围绕这个主题娓娓道来，把岳飞出世的情景和母子逃生的经过、结果完整地表现出来。行文前后照应，并在结尾处点出了下一章的起始点，使各章之间产生关联。

2.语言简练：行文的语言十分简练，详略得当。力求用最简洁的语言叙述出内容最丰富的故事。对庆典场面和灾难场面的描写都是寥寥几笔写出，对岳飞的外貌描写却不厌其烦地写了多次，用以突出他主人公的地位，并为他以后的大作为提前埋下伏笔。

第二章 高徒遇名师 献艺结姻缘

光阴似箭，日月如梭，转眼间岳飞长到了七岁，王贵也六岁了。岳飞母子在王家帮工赚取生活费用，虽然清苦，日子倒也安安稳稳。岳飞从小就十分懂事，也十分好学。王明见他两个都到了上学的年纪，就请了个老先生，在家里开了学馆。在麒麟村里王明还有两个老友，一个叫汤文仲，另一个叫张达，他们也把自己的儿子汤怀和张显送到学馆里一起读书。

几个孩子都是顽劣的年纪，哪里闲得住？除了岳飞肯用功读书，剩下的三个富户子弟每日里舞枪弄棒，不服先生管教。王明请的先生已经六七十岁了，须发皆白，被气急了就训斥他们，谁知王贵竟带头戏弄先生，把先生闹得辞馆回乡去了。

没有学上了，岳飞就跟着王贵等人每日玩耍。岳母看这样也不是长法，就叫过岳飞，说："你今年已经七岁了，不读书，每日玩耍也不好。我给你准备了一个筐，你就上山去拾些柴来烧，我们母子两个，也有个过日子的样子。"

小岳飞听了点点头说："请母亲放心，明日孩儿就上山打柴。"

第二天早上，母子两个早早起来，吃罢了早饭，岳飞就背上柴筐，上山打柴去了。他拾了些柴草，转到了后山，却被一群在后山玩耍的同村小孩儿拦住，一定要让岳飞跟他们玩一会儿。岳飞推辞说还要打柴，但孩子们不肯放他。岳飞见说不通，抽身要走，那七八个小孩儿就围上来厮打，有的扯衣服，有的拽胳膊，就是不肯放手。

岳飞虽然年纪小，力气却不小，他双手并用，用力一推，站在身前挡路的三个小孩就被推倒了，岳飞从空隙中钻出来跑回家去了。

回到家，岳母见他的衣服被扯破了，就问他发生了什么事。岳飞把事件发生的经过对母亲说了。岳母十分忧心，说："我叫你上山打柴，你却和村里的孩子打架，如果惹出事来，或是你有个三长两短，让娘怎么办？"

岳飞见母亲生气，就低头认错。从此他更加勤谨，帮着母亲干活，不与村中的孩子来往。岳母十分满意，但她觉得应该让孩子多读点书。于是她就从王明家借了《春秋》《左传》等书，准备在家里教岳飞读书。

岳飞聪明好学，又肯用功，学得很快，几本书很快就背熟了。但家中没钱买笔墨纸砚，不能学写字。岳飞就想了个办法，用畚箕装了一层沙子，又用树枝做了几支"笔"，就这样用树枝在沙面上学写字，写完了就把沙子抚平，再重新写。

就这样学了一段日子。一日，大名鼎鼎的周侗来到王明家。

他武艺非凡，曾是八十万禁军教头林冲的老师，梁山好汉卢俊义和武松也都是他的弟子。这一次他是来收租的，路过王家，来看望老朋友。

虽然周侗已经六十多岁了，但依然神采飞扬，精神奕奕。王明设宴款待他，并请来张达和汤文仲陪着闲聊。几个人互相询问了家里的情况，原来周侗已经退居乡间，妻子病故，儿子随卢俊义去征辽，死于军中，两个徒弟也被奸臣所害，都不在人世了。

周侗问及王明三人的近况，得知三人深为儿子的顽劣痛心，便主动要求当三个顽童的老师，王明等人听说之后十分高兴，凑了些银子又开了学馆，把王贵三人送去读书。王贵还想把周侗气走，但周侗武艺高强，王贵不仅没能捉弄到老师，自己还挨了打，从此以后就服服帖帖地听老师管教了。而岳飞家里没钱，不能进馆读书，每日只能在学馆外面听周侗授课。周侗文武并重，一边教读书写字，一边教骑马射箭，都被岳飞用心地记住了。

一日，周侗外出，留了三个题目给王贵等三人，说回来后要检查。王贵三人见老师走了，就玩心大起，根本不做题目。但又怕老师回来责罚，三人就把岳飞叫到屋中，让他代写，还把他锁在了书房中。岳飞推辞不过，就依着他们的口气写了三篇。写完后他又走到周侗的座位上，拿起周侗的文章仔细看，深觉高妙，不禁豪气顿起，提笔在墙壁上题诗一首：

投笔由来羡虎头，须教谈笑觅封侯。

胸中浩气凌霄汉，腰下青萍射斗牛。

英雄自合调羹鼎，云龙风虎自相投。

功名未遂男儿志，一任时人笑敝裘。

又在诗下题了落款：七龄幼童岳飞偶题。

岳飞才放下笔，门外就传来一阵脚步声，转身一看，王贵等三人慌慌张张地跑进来说道：“快走！老师回来了！”岳飞急忙跑回家去了。

周侗回到书房，拿过三份题目一看，字字端正，文理通顺，颇有不凡之气。周侗又将他们三人往日的作业拿来对比，发现字迹和文意都大不相同，心中十分疑惑，叫过几人询问，都说没有人来过，是自己写的。周侗将信将疑，抬头思索，看见了岳飞题在壁上的诗句，一看之下，十分赞赏，对王贵怒道：

“还说没有人来！岳飞题的诗还在墙上，你们的题目定是他代做的，还不快去请他来见我？”

王贵无法，只好来到岳家，对岳飞说：“你在墙上不知写了什么，先生生气了，叫你过去。”岳母听了，就说道：“你就去吧，对先生要以礼相待，不要再惹先生生气。”

岳飞答应着来到书房，见过周侗。周侗见岳飞相貌俊朗，举止不凡，深以为喜，就问他：“墙上的诗是你写的？”

岳飞惶恐地答道：“小子无知，冒犯先生了，请先生恕罪。”

周侗又问了岳飞家中的情况，点了点头，回头叫过王贵，说：“你回家去，请你母亲陪岳夫人到学馆来一下，我有事相商。”

王贵领命去请了两位夫人来，周侗见过礼，对岳夫人说：“没有别的事，就是看岳飞聪颖伶俐，老夫膝下无儿，想收他当个义子，不知夫人可愿意么？”

岳母听了，不觉流下眼泪，说道：“我儿自幼丧父，我夫临终前嘱我保住岳家这一滴血脉，先生之言实难从命。”

周侗忙站起来说：“夫人不必难过，我说收为义子，不是过继，既不更名也不改姓。只是看他小小年纪就胸怀大志，想把他收在身边严加管教，将老汉一身本领留个传人。老汉百年之后，只求尸骨有个寄所，不至露天就无憾了。”

岳母尚未答言，岳飞就道：“既不改姓更名，就请义父在上，受孩儿一拜。”岳母见岳飞一心拜师，也就没有阻拦。从此岳飞也师从周侗，还与王贵等三人结拜成兄弟，一起学艺。

兄弟四人每日切磋武艺，不觉春夏变换，秋去冬来，岳飞已经长到十三岁了。由于他抱负远大，加倍用功，所以比其他三人的武艺又强一些。他的箭法已经到了左右开弓、箭无虚发的地步。

一天，师徒五人到沥泉山看望周侗的老朋友志明和尚，志明十分欣赏岳飞，就送了他一杆沥泉枪和一部兵书，并对周侗说：“这部兵书中有练枪之法和行兵布阵的方法，让岳飞好好温习。我们两个年纪都大了，恐怕后会无期，我有一个小徒弟名叫道悦，日后他和令郎有相见之日。请让令郎谨记此言，我就此告别了。”

拜别了志明和尚，师徒五人回到麒麟村，更加勤练武艺。周侗也给另外三个徒弟找到了趁手的兵器：汤怀用枪，王贵选了大刀，张显选了钩连枪。从此以后，兄弟四人单日习文，双日练武，都十分勤快用功，进步也很快。

一日，村中的里长来找周侗，说：“县里要举行武学考试，我把你四位徒弟的名字报上去了。本月十五就要进县考试，几位公子该早日收拾一下。”

周侗连连点头，回去对王明等说明情况，又对四个徒弟勉励一番，催他们上路。王贵三人都十分高兴地回家准备，岳飞却为备办弓马衣服犯了难。周侗取出自己的衣服让岳飞拿回去改一下，作为战袍。

第二天，四人披红挂彩，精神饱满地上路了。周侗和岳飞并驾跟在王贵三人身后，来到比赛的内黄县。只见内黄县校场上人山人海，都是来比试的年轻公子。不一会儿，县令李春在众人的簇拥下走出来，坐在台上，开始一个一个地点名，先比箭法，再看骑术。周侗师徒五人在人群中看着，发现那些人虽然拉开了弓，却很少有射中的。

县令李春点到了麒麟村，连喊几声岳飞，却无人答话。原来周侗早嘱咐过，岳飞的武艺比其他几个人强，让他最后上场。李春又点汤怀，汤怀应声而起，与王贵和张显一起走到台前。汤怀拿起弓箭比了比，对李春说：“请老爷吩咐把箭垛摆得远些。”李春看他三人与其他武童不同，就吩咐照做。汤怀又禀告，要求再远些，李春就命人再摆远些，最后摆到了一百二十步开外，然后三人弯弓搭箭，箭无虚发，众人大声喝彩。

李春十分高兴，把他三人叫到近前，问道：“你三人师从何人？”

汤怀禀道："家师是关西周侗。"

李春大喜道："原来是他！他是本县的老友，许久不相见了，他在哪里？"汤怀说就在台下，县令一听就派人去请周侗。周侗带着岳飞来到台前，互相寒暄一番，县令问周侗带了几个徒弟来。周侗说："除了前面三个，还有一个，是我的义子，名叫岳飞。"

县令命岳飞表现武艺，周侗说："小儿年纪虽小，力气却大，箭垛恐怕要摆到二百四十步去。"李春就命人照要求做。岳飞拉开弓，搭上箭，一连发了九支箭，箭箭命中，而且都插到同一个孔上。李春大加赞赏，对周侗说："令郎今年多大？可曾婚娶？"

周侗答："小儿今年十六岁，尚未谈婚论嫁。"李春一听就表示愿把女儿许配给岳飞。周侗说："恐怕家境贫寒，高攀不上啊。"李春说："不必在意，明日我就叫人把小女的庚帖送到府上去。"此时比武已经结束，李春回衙，周侗师徒也回到村中。

第二天，李春果然派人送来了小姐的庚帖。周侗让岳飞拿回去交给岳母，说明原委。岳母拜过祖宗，拿过小姐的庚帖一看，竟与岳飞同年同月同日同时生，真是天作之合。家中上上下下都十分高兴。

· 品读与欣赏 ·

这一章的容量非常大，写得却很有条理，不混乱。主要讲了岳飞母子在王家庄的生活状况，也写出了日后与岳飞生死不离的几位朋友，尤其是对岳飞形象的刻画，十分到位。岳飞小小年纪就十分懂事，在不上学堂的时间帮母亲干活，听说名师来讲学就躲在门外偷听。他从小志向远大，七岁就能在墙壁上题诗示志，被周侗看重，收为义子，传授武艺，并在比武中艺压众人，得到县令的欣赏。岳飞的成功源于周侗的倾囊相授，也是他勤学苦练的结果，文章把这两方面都描写得很详细，十分贴近主题。

·学习与借鉴·

1.内容充实：文章主要围绕“高徒遇名师，献艺结姻缘”这个主题来写，把岳飞这个“高徒”的勤奋好学、胸怀大志和周侗这位“名师”的悉心教导、真心疼爱刻画得十分到位。在武场上的比试写得十分精练，却突出了岳飞技艺的高超。全文从岳飞七岁写到十六岁，时间跨度也很大，却不显得空洞。

2.情节曲折：文章的情节曲折发展，紧紧抓住读者的心。岳飞成长的过程既平静又不乏波澜，与群童打架，在学堂外偷听，在墙壁上题诗，被周侗收为义子，喜获沥泉枪和兵书，在武场上被李春赏识，定下婚姻……悲悲喜喜，让读者随着岳飞的成长伤心或高兴，这是本章的一个亮点。

3.手法多样：本章的写作手法十分丰富，正面、侧面、对比、衬托、铺垫、悬念等等，在行文中都有涉及，使文章更具有观赏性和可读性。

第三章 居山守孝 智降牛皋

周侗听说后也替岳飞高兴，就带了岳飞去内黄县谢过岳父李春。闲叙一番，李春说："贤婿到此，老夫送你一匹马如何？"周侗说："小儿正少一匹好马，若蒙相赠，真是妙极了。"

三人来到马厩，李春让岳飞挑选。周侗低声嘱咐："你可要放开眼好好挑选一匹好马。"岳飞点点头，连看几匹，却没有中意的。

直接描写，通过岳飞自己的语言表达他的心声，即为国尽忠、建功立业。【对话描写】

李春问："难道这些马都是无用的？"岳飞答道："这些马并无不好，只是小婿要选的是可以驮着小婿征战沙场、建功立业的好马。"

正说话间，只听一声马嘶。岳飞喜道："听这声音，却是好马！"李春点头说："这匹马是从北地买回来的，有一年多了，却力大无穷，野性难驯。如果你能降伏他，就送与你了。"那匹马见有人来，不等靠近就又踢又咬，岳飞一闪身来到马前，一把揪住马鬃举拳便打。一连几下，那匹马就不敢动了，乖乖地让岳飞骑到背上，李春和周侗不禁交口称赞。

岳飞驯服了烈马，把它拉出来仔细欣赏。只见那马足有一丈长，八尺高，雄壮有力，耳小蹄圆，毛色油亮，通体雪白，是一匹难得的好马。李春非常高兴，不但把马送给了岳飞，还送了一副上好的马鞍辔头。

周侗和岳飞告辞出来。路上，周侗想试试马跑得怎么样，于是让岳飞策马飞奔。那马一眨眼就跑出去很远。周侗大喜，喝彩道："真是千里马！"然后不顾自己年岁已大，在后面策马追赶，可他的马追不上岳飞的马。岳飞到了村里好一会儿，周侗才气喘吁吁地赶到。

岳飞将马牵回家，告诉母亲李春赠马一事，岳母深感周侗和李春的大恩，让岳飞铭记于心。当晚，周侗因跑得热了，一回到书房就把外衣脱掉，不料竟受了风寒，发起高烧来。岳飞得知后，连忙过来服侍，王明也派人请了最好的大夫来诊治。但周侗的病却一天比一天重，他自知将不久于人世，便叫来岳飞兄弟，交代道："你们兄弟一定要用心读书习武，将来把一身本事报效国家。"说完，就闭目西去了。

这里照应前文的因喜生悲，在情节的转述、场景的转化中起到了很好的过渡作用，推动了情节的发展。【承上启下】

岳飞兄弟四人痛哭不已，王明等人也十分悲痛。他们为周侗准备了棺木，送往沥泉山上安葬。岳飞不忍就此别过，就在义父墓旁搭了一个草棚，每天守孝，一守就守了一年。

第二年的清明节，王明等三位员外带着儿子们来给周侗扫墓。大家都劝岳飞下山，可岳飞不肯回去。王贵说道："我们把这草棚拆了，没地方住他就下山了。"说完，同汤怀、张显一起动手将草棚拆了。岳飞无可奈何，祭拜完义父后，随众人一起下山了。

> 这一句是场景的描写，乱草丛中匆匆逃命的客商，将情节直接引到牛皋身上，吸引读者继续阅读。【情节转换】

四人边走边谈，正高兴时，忽然从草丛里跑出来二十多个人，个个都背着包袱，神色慌张。拦住一问，原来都是过路的客商，要到内黄县去。刚刚在前面“乱草冈”上遇到一个强盗拦路抢劫，就逃到草丛里藏身。岳飞四人为他们指了去内黄县的路，客商们慌忙走了。

等众人都走远了，岳飞兄弟一商量，决定去看看这个拦路抢劫的强盗。岳飞原想兄弟们都没带兵器，不想惹事，但耐不住王贵三人的软磨硬泡，只得答应。他们从后山转到“乱草冈”，远远望见一个面如黑炭的壮汉，盔甲俱全，骑着一匹乌骓马，手提两条四棱镔铁锏。面前跪着十五六个商人，都磕头求饶道：“望大王饶命！”那黑大汉连声呵斥，让他们把财物都交出来。

> 用语准确，抓住了人物的主要特征“黑”，用白描的手法刻画人物。牛皋全身上下无一不黑，令人印象深刻，描写十分传神。【人物描写】

岳飞看了一会儿，回头对三个兄弟说：“兄弟们，你们在这里，我去会会他。”汤怀担心，要随岳飞一起去。岳飞笑道：“不用担心，我可以智取。如果我敌不过，你们再上来帮忙。”

说完，岳飞走上前去，叫道：“这位兄弟，留小弟在此，饶了这些人吧！”

黑大汉转头一看，见是一位眉清目秀、身材魁梧的公子，便说：

“你是何人？”岳飞说：“我是个大客商，这些人都是小本经营，哪有什么钱？你放了他们，等会儿我多送你一些就是了。”黑大汉一听，便对跪在地上的一群商人说：“既然这样，你们都滚吧。”那些人一听，赶紧起身，没命一样地逃跑了。

黑大汉冲着岳飞嚷道：“你快拿银子出来！”岳飞笑着说：“我是这么说了，可我的两个伙计不肯，怎么办？”黑大汉一听，怒道：“你的两个伙计在哪里？”岳飞扬了扬自己的两个拳头，说：“就在这里了。”

黑大汉听了，知道上了当，十分生气地说：“你有什么本事？竟然敢来骗我！你只有一双拳头，我用兵器赢了你不是好汉，我也用拳头对你！”

牛皋的语言充满个性特色。这时候的他很生气，但仍没忘了公平，没忘了要做好汉，他正直可爱的性格被刻画得十分到位。【语言描写】

他一面说，一面把双锏挂在马鞍上，跳下马来，抡起拳头就朝岳飞劈面打来。兄弟们看见，都吃了一惊。岳飞也不招架，只是把身子一闪，躲到了黑大汉身后。黑大汉转身又是一拳，朝岳飞胸口打来，岳飞又一闪身，飞起右脚，踢在黑大汉的肋骨上，将他踢倒在地。

汤怀等人见了，齐声喝彩，那黑大汉一骨碌爬起来，大叫一声：“气死我也！”拔出腰间的佩刀就要寻死。岳飞见状，连忙将他拦腰抱住，叫道：“好汉，不要鲁莽。”黑大汉说道：“我牛皋今天败在你的手里，不想活了！”

岳飞连忙劝阻，牛皋无法，只得放弃，问道：“请教好汉大名。”岳飞说：“我叫岳飞，就住在前面麒麟村。”牛皋激动地问：“你知道麒麟村有位周侗师父吗？”岳飞一惊，说道：“他老人家是我义父，你怎么认得他？”牛皋点点头说：“怪不得我输给你，原来你是周侗师父的义子，刚才多有得罪了。”说罢倒身便拜。岳飞连忙扶起，叫来三个兄弟，一一相见。

此处采用插叙的手法写清楚牛皋的来历，使文章结构完整，不留疑惑。【插叙】

原来这牛皋是陕西人，祖上也是军伍出身。他父亲钦佩周侗，临终前嘱咐牛皋投奔他，牛皋就带着母亲四处寻访周侗。他们打听到周侗在内黄县麒麟村，就一路寻到这里。经过这里时，一伙强盗拦住去路，牛皋便把强盗头子打死了，抢了他的盔甲和鞍马。但离家已久，身上的盘缠用尽了，他就想抢些钱财奉养老母，也给周侗备一份见面礼，不想被岳飞碰上了。

牛皋本来是突然出现的，双方打了一场，重归于好之后，就又回到遇到牛皋之前的事情上，两个人的对话使文章前后呼应，情节完整。【对话描写】

牛皋十分欢喜地说：“这下你可以带我去见周侗师傅了！”岳飞沉痛地说：“义父去年年底不幸去世了。”牛皋一听，直跺脚：“真是造化弄人，叫我如何是好？”岳飞安慰道：“我虽然比不上义父的本领，但也略懂得一些。你既然来了，就到我家住下，我们兄弟几个每天一起演习武艺，你看怎样？”

牛皋大喜，忙跑到山洞里收拾包袱，扶出母亲，和岳飞四兄弟一起朝麒麟村王家庄走去。

到了庄门，牛皋扶母亲下了马，到岳家见过了岳夫人。岳飞又请来三位员外，牛皋将前后事情对众人说了一遍。王明等人见牛皋憨厚朴实，也十分高兴，当晚就在家设宴为牛皋母子接风，留牛母与岳夫人做伴。又选了吉日，牛皋也和四人结拜为兄弟。从此，岳飞传授牛皋武艺，兄弟五人天天在一起读书、习武，互相切磋，都有了很大进步。

·品读与欣赏·

这一章的结构安排十分精彩，紧扣上下文的文意。周侗因赛马而病重身亡，岳飞因守孝而路遇牛皋，牛皋则是来寻找周侗的，最后他们同归王家庄，一起习文练武。环环相扣，十分紧凑。文中用到了多种描写方法，如语言描写、动作描写、神态描写，都十分恰当地表现了人物的性格特点；并且多种叙事方法相结合，使文章较有层次感，不呆板。

·学习与借鉴·

1.结构紧凑：文章结构安排巧妙，紧接上一章的结尾，从赛马开始写起，并由此引出周侗病重，岳飞守孝，牛皋打劫，智降牛皋等情节。整个行文有详有略，有张有弛，吸引着读者的阅读兴趣。这种情节完整、前后照应的结构安排是写文章的过程中应该特别注意学习的。

2.语言描写：本章的主要部分是岳飞智降牛皋的情节，这一部分用到的语言描写和动作描写非常多，也成为这一章比较有特色的优点。文中的语言描写注重说话人的性格和身份，岳飞说岳飞的话，牛皋说牛皋的话，不用写出说话人，只从对话就能看出说话人的身份，这就是语言描写的成功之处。正是因为这一点，这些语言描写在表现人物性格上起了十分重要的作用。

第四章 考武举得罪洪先 归故土火烧破庙

一天，兄弟五人正在庄前比试枪棒，忽然看到对面树林里有个人在探头张望。王贵过去一问才知道，原来是村里的里长，特来告知相州节度使都院刘光世要组织各地武童院考的消息，让他们准备一下。

岳飞兄弟回去对王明等几位员外说明，几位员外都不十分赞同，原来当时朝廷黑暗，民不聊生，想求取功名都要靠送礼，正直的人很难成功。但岳飞认为国难当头，自己兄弟空有一身武艺却无法报效国家，于心不安。王明被岳飞的报国热情打动了，就不再阻拦。

第二天，岳飞骑马来到内黄县衙门，拜见岳父，说明要去应考，又请求李春把牛皋的名字也补上。李春当即补上了牛皋的名字，一面吩咐衙役摆酒款待，一面拿出一封书信交给岳飞，并嘱咐道："我的同窗在相州当汤阴县令，叫徐仁，为人正直，颇有声名，就是刘都院也十分敬重他。你把这封信交给他，他会照应你的。"岳飞接过信仔细收好，拜谢回来。

回家以后，岳飞与众员外和兄弟们商议一番，决定第二天动身。

次日一早，五位兄弟各自拜别父母，到相州参加院试。他们都是第一次出远门，晓行夜住，一路上有说有笑，十分开心。只有岳飞想到汤阴县是自己的老家，又想到亡故的父亲，暗自难过。

很快到了相州汤阴县，五人投住在江振子的客栈，安顿好之后，五兄弟一起来到县衙拜见县令徐仁，呈上李春的书信。徐仁是个爱民如子的好官，十分惜才爱才。他接信看过以后，又见五个人个个精神饱满，英气逼人，便说："你们先回去，都院大人那里我会派人去说明，明天你们赴辕门候考就是了。"

第二天，五个人一起来到辕门报到，求见中军洪先。这洪先是一个贪财之人，见岳飞五人没有送钱财给他，十分不满，让他们回去等消息。五人没想到中军是这样的人，怏怏不快地往回走，途中遇见了徐仁。徐仁正要到洪先那里替五人说话，不想出了此事。他非常生气，直接带着岳飞兄弟去见都院刘光世。

刘都院见他们个个魁梧雄壮，心中好生喜欢。这时洪先赶来了，他见岳飞等站在一边，忙上前对刘都院说："这几个人已经比过了，武功平平，不足取，我叫他们回去勤加练习，日后再来。"

徐仁连忙上报，说明洪先的劣行。刘光世见他们各执一词，就吩咐岳飞和洪先比试一番，以辨真伪。洪先见岳飞年纪尚小，就同意了比试，他手握三股托天叉，招招致命，要刺死岳飞，但都被岳飞灵巧地闪过，最后岳飞回身一枪把洪先点到，赢得了满堂喝彩声。

刘都院心中早已明白，就怒斥洪先，撤了他中军之职。洪先羞愧，掩面走了。刘都院又测试岳飞五人的弓箭，发现五人皆箭无虚发，而岳飞的武艺最好。他问起岳飞的身世，岳飞如实禀报了。刘都院听了，觉得岳飞是个难得的人才，日后一定有前途，应该让他回乡居住。于是命令汤阴知县徐仁查找岳家旧时基业的所在，由刘都院发放银两修建新房，让岳飞回家乡，然后上京考试。岳飞一听感谢不已。

院考结束，拜谢了刘都院后，五兄弟回到内黄县，把考试的情况和岳飞将要回汤阴老家的事情说了，大家都为岳飞感到高兴。但三位员外和四个兄弟实在不舍得与岳飞母子分离，大家一商量，决定留几个家仆看守田产，大家都和岳飞一起迁往汤阴县。

第二天，岳飞又将此事禀明了岳父李春，李春也为他高兴，并要求岳飞先娶亲再迁居。岳飞见岳父主意已定，就告辞回村，众人都在家里议论搬迁之事，岳飞就对大家说了岳父要送女儿完婚的事情。岳母十分高兴，其他人也都帮着张罗起婚事来。王家张灯结彩，热热闹闹。新婚三天后，各家打点行装，男女老幼百余人，细软车子百余辆，一起闹哄哄地往汤阴县进发。

由于随行的有老弱妇孺，所以速度很慢，两天后，众人来到一个叫野猫村的地方，天色渐晚，又没有客店，岳飞命汤怀和张显去寻找休息之所。不久两兄弟回来报告，说前方三里处有一座破庙，可暂时休息。一行人就向破庙行去。

众人把破庙打扫一番，用灶台做了简单的饭菜，牛皋早饿得不行，边吃边喝，不一会就有些醉了。岳飞怕有强盗出现，就命几个兄弟分守破庙的四周保护家人的安全，以防有盗贼来袭。只有牛皋喝多了酒，看看没什么动静，靠在墙角就睡着了。

天阴沉沉的，没有什么星光。将近二更的时候忽听庙门外人喊马嘶，岳飞抬头一看，火光冲天，一个蛮横的声音大喊："里面的人，交出所有钱物，饶你们不死！"接着又一个恶狠狠的声音说："还要交出岳飞，不然杀你们个干干净净！"

岳飞听了心中疑惑，不知这盗贼是谁，还知道他的名字。他顺着门缝一看，不是别人，正是前番比武输给岳飞的洪先！原来他本就是土匪，当了中军后散了伙。输给岳飞后他无处可去，就又纠结了旧部重做土匪，一直对岳飞怀恨在心。他打听到岳飞举家搬迁，携带了许多细软，就带领手下中途拦截，以报羞辱之仇。

岳飞怕家中老幼受伤，就回身招呼兄弟们，但牛皋早就被吵醒了，他不问青红皂白，抡着双锏就冲上去，一阵砍杀，杀死了几个小喽罗。王贵一看，不肯落后，也舞动大刀冲上去。洪先的两个儿子洪文和洪武见王贵来得凶猛，举兵器迎战，被王贵杀得节节败退，转眼间，洪氏兄弟就命丧黄泉了。洪先见儿子惨死，十分难过，大叫一声冲上前来，被张显和汤怀合力杀死了。小喽罗们见洪氏父子都死了，吓得四散奔逃，岳飞等也不追赶，回到了大殿。

家人们见他们平安归来，都放下了心。岳飞说："死了这么多人，我们要吃官司的。接下来如何是好？"

牛皋道：“不如一把火烧了，落个干净。”

大家都觉得这是个可行的办法，于是大家整理行装，把尸体移到庙中，一把火烧了个干干净净。一行人又颠簸了几天，终于到了汤阴县。岳飞先把众人安顿好，便和几个兄弟一同去拜谢知县徐仁。

徐知县带着兄弟五人，大家一同来到悌弟里永和乡。徐知县对岳飞说：“在册子上查出这一带是岳氏基业，都院大人发了银两把地赎了出来，又造了几间房子给你们居住。你们进去料理好了。”岳飞再三拜谢，当日各家家眷都搬了进去。岳飞母子重回故乡，心中都是思绪万千，忙着里里外外地收拾，从此几家人就在这里安顿下来了。

·品读与欣赏·

岳飞和众位兄弟到相州去参加武童考试，个个都对报效国家、求取功名十分热心，但洪先的打压给他们带来了打击，政治的黑暗和腐败第一次赤裸裸地展现在他们面前，要不是都院刘光世明察秋毫，他们就要成为黑暗政治的牺牲品，空有报国志，没有报国门了。这一章也是有始有终的，前文得罪了洪先，后文里就有迁居时在破庙遇到洪先，然后火烧破庙的情节，交代了洪先的结局，结构完整，可读性强。

·学习与借鉴·

1.情节起伏：这一章情节引人入胜，起伏跌宕，好几处都危机四伏，然后又转危为安。里长来通知时，几位员外说朝政黑暗，不赞同岳飞等人去考试。到了相州，果然遇到了收受贿赂的洪先；幸好刘都院是清官，让岳飞等人有柳暗花明之感。不想迁居途中又遇洪先，大战一场之后才真正平安，回到原籍安顿家小。情节起起伏伏，丰富而充实的内容为文章增添了趣味性和可读性。

2.结构完整：这一章的结构前后照应。平铺直叙了一个个环节，在充满戏剧性冲突的过程中笔笔不乱，每一个人物都交代得清楚明白。刘都院的帮助贯穿始终，洪先的刁难也从头到尾，岳飞带家属搬家的过程也安排得有详有略。从刘都院提出意见，到岳飞禀报岳父李春，迎娶李家小姐，再到几位员外带领家眷随岳飞母子一起迁居，最后平安在汤阴落户，都详略得当，完整而有条理。

第五章 赴京师得宗泽识赏 因牛皋会罗杨二将

第二天一早，徐知县带着兄弟几个一起来到相州府衙门拜谢刘都院。刘都院听说岳飞和四个兄弟都到了汤阴，非常高兴，问道："你们什么时候动身去京城？"岳飞禀道："谢过大人大恩，我们回家收拾收拾就动身。"刘都院点点头，说："像你们这样的少年英才，实在是不可多得的国家栋梁，一定要勤练武艺，报效朝廷啊。"

他又想了想，当即写了一封亲笔信交给岳飞，说道："我前几天已经写信给京都留守宗泽，请他在你们上京考试的时候多多照应。已经过了几日，他事务繁忙，恐怕忘记了这件事。我再写一封信让你带去，你到了京城当面交给宗留守，他看了就知道了。"然后又命亲随拿来五十两白银交给岳飞，作为路费。

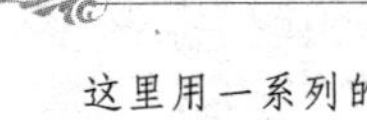

这里用一系列的动作、语言描写，写刘都院举荐岳飞兄弟十分尽心，充分体现了他的惜才爱才之心。【人物描写】

岳飞再三拜谢，收好书信和银两，和几位兄弟一起告辞回家。次日，五兄弟收拾好行李，各自骑一匹骏马，拜别众员外及家人，一起往汴京进发。

一路上晓行夜宿，渴饮饥餐，走了不少时日，这一天终于远远地看到汴京城了。牛皋早听说京城的繁华，此时一见城墙，把一路的辛苦都放到了脑后，兴奋得手舞足蹈。岳飞高声说道：“兄弟们，这里是京城，比不得在家里，大家要小心行事，不要惹祸。”牛皋问：“难道京城里的人都是吃人的吗？”岳飞说：“你哪里晓得？京城里来往的多是公子王孙，倘若我们惹了事，就要吃不了兜着走了。”王贵一听，不高兴地说：“大哥也太小心了，我们进了城都不开口，闭着嘴不说话就是了。”汤怀劝解道：“大哥也是好意，我们遇到事情多忍耐就得了。”

五人说说笑笑，不久就到了京城的南薰门。进了城又往里走不到半里路，有个人在身后拉住岳飞的马缰绳。岳飞一看，是曾打过交道的客店老板江振子。岳飞惊问：“你怎么也在京城？”江振子长叹一声，请大家到他的客店详谈，于是众人一起来到江振子的客店安顿下来。

这里用插叙的手法交代江振子的背景和经历，也顺便点出洪先的死亡无人知晓，推动情节的发展。【插叙】

原来洪先被革职后怀恨岳飞，曾派人到岳飞一行入住的江振子客店寻找他。当时岳飞兄弟已经返乡，洪先扑了个空，大怒之下把店铺砸了。江振子在汤阴待不下去，只好离开，在京城南薰门附近租了个店面继续开店。

岳飞兄弟听了十分气愤，但想到洪先已死，江振子的仇也算报了，就好言安慰了他一番，向他询问宗泽留守衙门所在。江振子说：“那是个大衙门，人人皆知，从这里往北一直沿大路走四五里就到了。但这位宗老爷是护国大元帅，留守汴京，上马管军，下马管民，忙得很，要到午时过后才回来。你要送信，那就等他上朝回来吧。”

于是岳飞拿了刘都院的书信，和兄弟几个前往宗泽留守衙门等候。不久，只见行路的人纷纷站立两边，就知道宗老爷回来了。果然，不一会儿就看到许多执事和军校跟着宗留守坐的大轿一路而来，十分壮观。等衙役都进去了，岳飞赶忙到门口请守门的衙役帮忙通报。宗泽先前收到刘光世的信，早就吩咐下去，让衙役们见到岳飞来求见就带进来。

衙役通报后让岳飞进去，岳飞嘱咐四兄弟道：“我先进去投信。你们耐心等待，不要惹出事端来。”众兄弟都点头答应，岳飞拿着书信进了辕门，由军士领着来到大堂。当他将书信呈上，宗泽拆开看了看，又抬头打量了一下岳飞，突然拍案喝道：“岳飞！你是出了多少银两买来这封信的，快老实交代！若有半句假话，夹棍伺候！”两边衙役齐声吆喝起来。

这里的语言描写使平和发展的情节突然起了波澜，引人入胜，吸引读者继续往下看。【巧妙转折】

岳飞见宗留守发怒，也不慌张，把自己的身世向大人禀告，又告知了刘都院的提携和自己的志向。宗泽听了这一番言语，稍稍放心，但还要看看岳飞的武艺。原来刘光世在第一封信中夸赞岳飞是国家栋梁，宗泽想试试真假。

写岳飞的箭术高超，不直接描写，而是写岳飞成功地通过了宗泽的高要求，用这种方式衬托岳飞武艺的高强。【侧面描写】

来到箭厅，宗泽坐下，问岳飞："你平时用多大力的弓？"岳飞禀道："我开得二百余斤，能射二百余步。"宗泽便让军校取来自己三百斤力的神臂弓，岳飞一拉，叫声："好！"又让军士把箭垛子放到二百步外。岳飞连发九箭，箭箭射中红心。

宗泽大喜，又问："你惯用什么兵器？"岳飞说："我样样皆通，但用惯的却是枪。"宗泽又命军校抬来自己的钢枪，叫岳飞使使看。

岳飞提枪在手，在箭场上把枪摆了摆，使出三十六翻身、七十二变化，里勾外挑，一气呵成，宗泽在一旁连声叫好。

使完钢枪，岳飞面不改色，轻轻地把枪倚在一边。宗泽又问了岳飞一些行兵布阵之法，岳飞对答如流，"交战布阵，不可墨守成规。战场有广、窄、险、易之分……"宗泽听了连连点头，大加赞叹："真是国家所需的栋梁，果然是文武双全啊！"

宗泽见岳飞文武双全，自然满心欢喜。但欢喜归欢喜，他还是皱起眉头说："你早来三年最好，或是迟来三年也好，就是这个时候来得不巧哇！"岳飞不解地问："这是为何？"宗泽叹息道：

通过宗泽的叙述来推动情节向下发展，并且提到了几个十分重要的奸臣，看似无意，其实是有心的。【语言描写】

"滇南藩王柴桂，封为小梁王，来京朝拜圣上，想要夺武状元。他写了四封信、封了四份礼物分送给四位考官。丞相张邦昌、兵部大堂王铎、右军都督张俊都收了礼物，只有我没收。论本事，你定能夺取状元，如今就不好说了。不过你先不要急，为国家选拔人才，我当然要推荐有真才实学的人。你先回去，我来想办法。”

岳飞谢过宗泽，闷闷不乐地回到客店。他把与宗泽的交谈告知众位兄弟，却没提小梁王的事。当夜无话，第二天上午，宗泽赏了一桌酒席给岳飞兄弟，大家推杯换盏，好不快活。只有岳飞心中有事，很快就喝多了，醉倒在桌边。其他几人也都醉了，而牛皋酒量大，见大家都睡了，也不想再喝，跟店主打了招呼，就下楼闲逛去了。

牛皋出了店门，在繁华的闹市闲游，不觉走到了一个三岔路口，不知该往哪走。正在这时，两个大汉信马由缰，有说有笑地从他身边走过。一个白脸，白马，一身白袍；另一个淡红脸，红马，红色外袍。两人商量着去大相国寺玩玩，牛皋一听，便跟着他们转东过西，也来到了大相国寺。

文章写到牛皋出门闲游，读者就知道要出事，但牛皋下了楼却不辨东西，不知该往哪里走，两个大汉的出现就起到了过渡作用，这才引出了后面的一系列事情。【承上启下】

大相国寺门前有几个说书铺子，两人走进其中的一家铺子，牛皋也跟了进去。里面一个人正在说书，说的是北宋杨家将的故事。听了一会儿，白袍大汉从身上摸出两锭银子递给说书人，走了出来。红袍大汉问白袍大汉为什么给那么多银子，白袍大汉说：“你没听到他在说我祖宗杨老令公带领七子，百万军中没有敌手的故事吗？多么豪气！不要说两锭银子，就是十锭银子也值！”

牛皋跟着他们，只见两人又进了另一家铺子。那里正在说《兴唐传》，讲的是好汉罗成的故事。红袍大汉一听，从身上摸出四锭银子递给说书人。白袍大汉问：“兄弟，你怎么给四锭银子？”红袍大汉说：“你没听到他在说我祖宗本领多么高强，独自一个人在牛口谷锁住五龙吗？我祖宗一个人锁住五条龙，大哥祖宗八个人保一个皇帝都没保住，算起来应该我祖宗更厉害一些，我当然多给两锭银子啦。”

原来那穿白袍的是杨业的子孙，叫杨再兴；穿红袍的是唐朝罗成的后代，叫罗延庆。杨再兴哪肯服输，两人争吵了起来，都说自己的祖先强。杨再兴见争执不下说：“也罢，我们回去披挂上马，去小校场比试武艺，胜的留在这里抢状元，输的回家下次再来。”罗延庆语气强硬地说：“好！一言为定！”两人就这样气呼呼地去了。

牛皋听了，急道：“幸好被我听到，不然大哥的武状元就被这两个小子抢走了。”他急忙赶回客店，见大家都没醒，就悄悄地披挂一番，骑上自己的乌骓马一直往前走，却想到自己不认得小校场。他问了路，拍马加鞭而去。

他“急忙”回店，“悄悄”披挂，这些神态描写都显示出他的急切，竟然最后才想到不认得路，让人忍俊不禁的同时也深深地感到牛皋的可爱。【人物描写】

一路跑到小校场门口，远远地就听到里面一阵阵“好枪”的喊声。他赶紧跑进校场，只见罗、杨二人正在酣战。牛皋大叫一声：“武状元是我大哥的，你们争也没用，看锏！”说完就是一锏，朝杨再兴的头上砸去。杨再兴举枪挡过，觉得还有些力量，便对罗延庆使个眼色，二人不再打斗，一起冲着牛皋杀来。

牛皋以一敌二，渐渐有些力不从心。二人倒也不伤他的性命，只是逼住他取乐。牛皋战得筋疲力尽，不由大叫："大哥快来，武状元要被人抢去啦！"罗、杨二人听了，就想会会这位"大哥"，于是紧紧逼住牛皋，不让他逃脱。

再说岳飞醒来一看，不见了牛皋，连忙叫醒兄弟三人，又见牛皋的双锏不在了，众兄弟纷纷上马一路找到了小校场。刚到门口，就听到牛皋在里面大叫大嚷。进去一看，只见牛皋正与人缠斗。岳飞见状，拍马上前，大叫一声："不要伤我兄弟！"

杨、罗二人见岳飞拍马而来，就丢开牛皋，一起向岳飞刺来。岳飞用枪一压，就挡住了二人。两人大惊，看了看岳飞，说道："武状元一定是他的了，我们走吧！"掉转马头就走。岳飞忙追上去问道："二位慢走！请问尊姓大名？"二人回转头，说："我们是山后杨再兴，湖广罗延庆，后会有期！"说完拍马而去。

岳飞回头问牛皋："你为什么跟他们打起来了？"牛皋红着脸说明原委，岳飞一听，哈哈大笑道："多谢兄弟美意。武状元是从天下英雄中比出来的，哪有两三个人私抢的道理？"牛皋一听，大叫："早知如此，我也不用白白跟他们打半天架了。"众兄弟一听，又是一阵哄笑。

众人回到客店，想到几日后的比试，都早早地休息了。

·品读与欣赏·

这一章写岳飞兄弟五人终于到了汴京，岳飞成功地得到宗泽的赏识，并因为牛皋在小校场中和罗延庆、杨再兴比武而初次认识了这两位好汉。情节安排紧凑，过渡合理，承上启下。在这一章中牛皋的形象更加丰满，也通过比武表现了兄弟间的深情。岳飞高超的武艺是本章的又一重点。不仅从宗泽的角度大加赞赏，更从罗、杨二人的视角多有称赞，这一点为下文的武状元比赛埋下伏笔，让读者在期待中进入下一章。

·学习与借鉴·

1.人物刻画：这一章主要刻画了岳飞和牛皋两个人物，使他们的形象更加丰满。岳飞的武艺虽然超群，但缺少报国的门路，在这一章中他得到了京城留守宗泽的称赞，这就为将来开通了一条路。牛皋莽撞的性格在本章十分突出，在刻画牛皋的形象时，语言描写、动作描写、神态描写、心理描写都有所运用，从而刻画出一个有血有肉的牛皋。

2.过渡段的应用：这章中有许多过渡段和过渡句，在文中起到了十分重要的作用。过渡句使文章连贯、结构严谨，从“赴京师得宗泽识赏”到“因牛皋会罗杨二将”，这之间的过渡就是岳飞因为小梁王的事心中不快，众人都喝醉了而牛皋出门闲游遇到罗延庆和杨再兴，这个过渡承上启下，十分自然，在文章中运用得十分出色。

第六章 周三畏遵训赠宝剑
考状元枪挑小梁王

第二大，五兄弟吃过早饭，收拾自己的武器。因为他们见到来考试的武童腰间都有佩剑，十分威武，就商议到街上去买剑。找了许久也没见到合意的，大家又转了一会，走到一家古色古香的店前。店主见他们要买剑，就从墙上取下一把递过来。岳飞仔细看了几把，都不中意。

店主知道他们是内行，就叫他的弟弟周三畏取来家传的湛卢宝剑。岳飞接剑在手，连声夸赞是把好剑，店主见岳飞识得此剑来历，就要将宝剑赠送给岳飞。原来他是唐朝周德威的后人，遵祖训要将剑赠予识货之人。岳飞再三推辞不掉，只好收下。他们拜别店主以后，又在街上逛了一会儿，买到了四把利剑，才回店铺休息。

第二天就是比武的日子，五兄弟早早梳洗吃饭，各自披挂整齐。只见汤怀白袍银甲，腰间插箭弯弓；张显绿袍金甲，挂剑悬鞭；王贵红袍金甲，浑如一团烈火；牛皋铁盔铁甲，好似一团乌云；只有岳飞一身素装，还是考武举时的旧袍。

五人一同下楼，到店门外上马。正准备动身，见一个店小二左手托个果盒，右手提着一大壶酒来到跟前，店主跟在后面，让他们吃上马酒。五人各饮了三大杯，然后一齐拍马往校场赶来。

众兄弟来到校场，只见人山人海，拥挤不堪。天亮时分，好汉已经到齐，张邦昌、王铎、张俊、宗泽四位考官都到了演武厅，小梁王也到了。只因他来朝贺天子，路过太行山，受了太行山"金刀大王"王善的挑唆，让他结交好汉，广集兵力，将来用于夺取大宋天下。张邦昌、王铎、张俊收了贿赂，一心要帮小梁王当上武状元。三人知道宗泽看中岳飞，所以第一个把岳飞叫上台，先让他和小梁王比文章，想借口把岳飞赶走。

宗泽心中气恼，又无语拒绝，就拉着张邦昌发下誓言，表明为国选才的忠心，张邦昌也只好发誓如若欺君枉法，就死于刀下。

张邦昌想刁难岳飞，又知道小梁王文才好，就命二人用自己所用的兵器各写一篇文章，岳飞用枪就做《枪论》，小梁王用刀就做《刀论》。二人领命，就在演武厅两旁各自作论。柴桂刚下笔写了一个刀字，不觉写出了头，像个力字。他心中一急，越描越乱，下面的文章也无法平心静气地做了。岳飞早已将卷子交上，小梁王也只得硬着头皮交卷。张邦昌先看了小梁王的卷子，略一皱眉，把卷子笼在袖子里。再看岳飞的文章，发现十分有文采，就故意把卷子往地下一扔，喝道："这样的文字，也来抢状元！叉出去！"左右"呼"的一声拥上来，正准备动手，却被宗泽一声喝住。

岳飞把卷子呈给宗泽，宗泽一看，句句金石，字字珠玑，心中暗恨张邦昌，便说：“岳飞，你这样怎么能取得功名呢？你难道不知道苏秦献《万言策》、温庭筠代作《南花赋》的典故吗？”

这两个典故都是嫉贤妒能的故事。张邦昌虽然知道宗泽是在骂他嫉贤妒能，自觉有些心虚，所以也是敢怒而不敢言，于是又让岳飞和小梁王比箭。宗泽心中暗喜：“要说比箭，此贼就上当了！”便命令左右把箭垛子摆到一百步之外。

小梁王见箭垛子很远，就故意让岳飞先射。张邦昌想为难岳飞，又偷偷让人把箭垛子移到二百四十步。只见岳飞不慌不忙地当着天下英雄的面，开弓搭箭，连射了九箭。监箭官将九箭连同射透的箭靶一起捧上厅来，禀道：“这个举子箭法出众，九箭都从一个箭孔里射出。”张邦昌等人不等监箭官说完，大喝一声：“胡说！还不快拿下去！”

小梁王一看，知道射箭比不过岳飞，于是对张邦昌说：“岳飞虽然都射中了，但我如果也都射中了，还是分不出高低，不如直接比武。”张邦昌一听，点头说：“既然这样，那就比武分高低吧。”一旁的天下英雄看得真切，都不满地发出议论。

再看小梁王整鞍上马，手提一柄金背大砍刀，拍马来到校场中间站定，对岳飞叫道：“岳飞，快来看本王的金刀吧！”岳飞虽然武艺高强，但小梁王是王爷，不觉心里有些踌躇。众人见岳飞这般光景，都说：“这个举子哪里是小梁王的对手？一定要输的！”宗泽见了，也叹道：“他临场胆怯，枉费了我一番心血！”

小梁王见岳飞来到跟前，悄悄地说道：“岳飞，你要是肯诈败下去，我会重重地赏你；若不依从，小心你性命难保。”

岳飞说：“千岁乃堂堂一国藩王，富贵极致，何苦要丢弃藩王之位来夺一个武状元？还请小王爷三思！”

小梁王大怒，“当”的一刀，朝岳飞头上砍来。岳飞左招右架，就是砍不着。小梁王见状，收刀回马，对张邦昌道：“岳飞武艺平常，怎么能上阵交锋？”张邦昌连声附和。

宗泽见岳飞随后跟来，便唤上前问道：“你这样的武艺，怎么也想来争功名？”岳飞说：“并非是我武艺不精，只是与小梁王有尊卑之分，不便交手。走马交锋，岂能没有失误？若伤了小梁王，不但我的性命难保，还会拖累别人。请各位大人做主，让小梁王和我立下生死状，不论谁伤了性命，都不要偿命，这样我才敢真打。”

宗泽点头问小梁王，张邦昌以为岳飞肯定不是小梁王的对手，就劝小梁王立下了生死状。

小梁王虽然立下生死状，心里却十分慌张，便召集家将说：“我若赢了，自然无事，岳飞若赢了，你们就一哄而上，砍死他。”

到了校场上，小梁王又威胁岳飞将状元让给他，岳飞严词拒绝了。小梁王大怒，提起大砍刀，照准岳飞头上就是一刀。岳飞躲过去，刚一回马，小梁王见他不还手，就放开胆子，使开金背刀往岳飞身上连连砍去。岳飞见他毫不留情，也发怒了，开始还击。他举枪挑开大砍刀，一枪直刺小梁王心窝。小梁王见来势凶猛，身子一偏，正中勒甲带。岳飞就势把小梁王一抬，把他头朝下脚朝上挑落马下，又一枪结果了他的性命。众人齐声喝彩，护卫兵却吓得面面相觑。

只见岳飞神色不变地下了马，把枪插在地上，把马拴在枪杆上等候命令。张邦昌等人大惊失色，命人将岳飞绑起来斩首示众。宗泽拿出生死状，说明道理，但张邦昌哪肯罢休，说道：“岳飞乃是一介武夫，胆敢将藩王挑死，罪该处死。”随即又喝令：“刀斧手，快去斩首！”

底下牛皋看岳飞被绑，早就要冲上前，这时大声喊道：“岳飞武艺高强，挑死了小梁王，不能做武状元，反而要将他斩首，我们实在不服！不如先杀了这狗官，再去找皇帝老儿评理吧！”说完把双锏一挥，正打在旗杆上，“轰隆”一声，旗杆倒了下来。举子们早就不服，喊声震天地冲上来。宗泽一看，说：“丞相，你听见了吗？如果你一定要杀岳飞，那就随便你吧。”

张邦昌与王铎、张俊三人见众举子们这般情形，慌得手足无措，一齐扯住宗泽的衣服说：“老元帅，我们四人如今是在同一条船上，还仰仗老元帅为我们调停。”宗泽一边让军士传令，叫众考生不要吵闹，一边吩咐刀斧手把岳飞放了！

岳飞保住性命，顾不得上前去叩谢，丢开绑绳，取了兵器，上马招呼了兄弟就往外飞奔。众考生眼看着这次考试考不成了，大家一哄而散。

·品读与欣赏·

岳飞枪挑小梁王的故事脍炙人口，在整个过程中，岳飞的机智勇敢是十分值得关注的。小梁王是王爷，又有四名主考官中的三个人极力保护，而岳飞只是一介平民，他深知同小梁王比武的下场，但报国的热情使他不愿放弃这次机会，所以一直与小梁王周旋。最后一怒之下枪挑小梁王后，奸臣的猖狂和众多考生的愤怒形成对比，最终岳飞保住了性命，但从此埋下了祸根。读这个故事，应好好体会岳飞的忠勇和智慧。

·学习与借鉴·

1.叙事精彩：这一章主要就是讲岳飞在争夺武状元的赛场上枪挑小梁王的故事。整个故事的叙述张弛有度，引人入胜。张邦昌的故意刁难一直让读者为岳飞捏一把汗，当看到岳飞完美地发挥时，不禁要喝起彩来。但小梁王的步步紧逼和岳飞的招招退让又让读者失望，甚至连宗泽都失望了，故事的矛盾到了极点。终于两人立下了生死状，岳飞一怒之下挑死了小梁王，故事达到了最高潮。精彩的故事，精彩的叙事，让人读完后意犹未尽。

2.对比鲜明：鲜明的对比也是本章的一大特色。宗泽的一片忠心与张邦昌等三个奸臣的腐败误国；岳飞的技艺精湛与小梁王的临阵怯场；岳飞的谦虚坦荡与小梁王的自大虚伪，这些都是极鲜明的对比，让读者在阅读的过程中自然而然地明了双方的特点，融入到故事中去，得出自己的判断。

3.结构严整：本章的结构十分严整，一环扣一环，从头到尾都没有拖沓的文字。比武场上的文比和武比都有十分完整的起因、经过和结果，最后岳飞得以逃命的过程也交代得清清楚楚，是一篇严谨的文章。

第七章　赶岳飞惜才赠盔甲　诛王善返乡遇良朋

岳飞五人一路跑到宗泽的府门前，哭拜了宗泽的救命之恩，急忙赶回店里收拾东西准备回乡。再说那徽宗皇帝听说了武场的事情，又加上张邦昌等人在旁挑拨，说了许多宗泽的坏话，就把宗泽革职了。宗泽回到府中听家将禀报说岳飞等人来哭拜过，并且已经回乡去了，急忙上马追赶。

等追上了岳飞，宗泽勒住缰绳跳下马来。岳飞倒头便拜，感谢宗泽相救之恩。宗泽长叹一声，说："因武场之事被奸臣搬弄是非，圣上被他们蒙蔽，已经把我革职了。"众人听了都十分惶恐，深感对不起宗泽。宗泽爽朗一笑，道："无妨，老夫也想找一个安闲之所，只怕朝廷不放我呢。"

> 在这里，宗泽的神态描写和语言描写抓住了他的性格特征，充分体现出他一心报国、不求名利的赤胆忠心和心胸开阔的豁达性格，给人以深刻的印象。【人物描写】

又聊了几句闲话，宗泽命从人抬过一口大箱子来，交给岳飞说："老夫爱你之才，却没什么可送给你的。这里有一副盔甲，日后你有用得着的地方。"岳飞大喜，叩谢了相赠之恩。

众人到前面的昭丰镇上一家酒馆置办了酒席，共商时事，相谈甚欢。天色已晚，岳飞兄弟就在酒馆中住下了。宗泽告别岳飞兄弟，嘱咐他们勤练武艺，就回府去了。第二天，五兄弟收拾行李准备上路。不想王贵因夜里喝了几碗冷茶，肚子发胀，病倒了。五人只好在昭丰镇上住下，为王贵请医看病。

却说宗泽被革职的消息传到太行山首领王善耳中，他知道一直忌惮的宗泽已不在朝中，就集结人马朝京城杀来，想抢了宋氏江山，自己当皇帝。不几日就杀到了汴京的南薰门，守城将士急忙上报朝廷。徽宗慌了手脚，升座朝堂召集群臣商议，满朝文武竟无一人能迎战。只有李纲出班跪倒，举荐宗泽，徽宗忙命李纲召回宗泽，以解京城之危。

宗泽推病不出，意欲趁此机会除去朝中的奸臣张邦昌，但张邦昌略施奸计，让王铎当了替罪羊，宗泽担心社稷安危，只得暂且放过张邦昌，领兵出城退敌。张邦昌暗地里使坏，上奏说："王善乃乌合之众，陛下只需发兵五千给宗泽，便可成功。"徽宗果真发兵五千给宗泽。宗泽无奈，只得到校场中点齐五千人马，带领儿子宗方出城。

宋军来到牟驼冈，望见贼兵约有四五万人，宗泽心知不能硬拼，便传令将兵马驻扎在牟驼冈上，并吩咐儿子道："你在这里固守，待我单枪杀入贼营。要是我能杀败贼兵，你就率兵下冈助战；

> 语言描写，表现出宗泽的谋略和豪迈，这种必须单枪匹马闯贼营的窘况也从侧面展现出宋徽宗统治下的朝廷奸臣误国的现实，具有讽刺意义。【语言描写】

如果我不能取胜，死于阵内，你要立即领兵回城。”说罢，单枪匹马要去独闯王善的营盘。

将士们一看纷纷劝阻，但宗泽不愿损兵折将，执意去了。

到了两军阵前，宗泽挥动铁枪，一阵拼杀冲进敌阵，真是人逢人倒，马遇马亡，英勇无人能挡。王善见他十分勇猛，想让他投降好为自己所用，就传令不许伤他性命。众将士得令，就将宗泽一层一层围得水泄不通，大叫：“宗泽，快快下马受缚！”

这时，岳飞兄弟几个还在昭丰镇上的客店里，听店小二议论说太行山的贼寇起兵抢都城，朝廷已经派人征讨了。

插叙了岳飞等人的情况，推动了情节的发展和场景的转换，交代岳飞等人及时赶到救了宗泽的前因，使文章结构完整、缜密。【插叙】

岳飞一听，对众兄弟说：“我想朝廷必定是派恩师宗大人领兵。我们就去打探一番，如果是宗大人，就助他一臂之力。”汤、张二人听了，十分高兴。王贵尚在病中，就留牛皋在这里看守。牛皋十分不悦，却没有办法。岳飞三人披挂整齐去了。王贵见牛皋不悦，就说：“我病已好了，咱们也去，杀个痛快岂不好？”他们也穿戴好了，直奔战场而去。

岳飞三人先来到牟驼冈，果然见到宗泽的旗号。但他们看见宋兵驻扎在山冈上的险地，十分不解，赶忙催马来到冈上。宗方见了岳飞，就将父亲被奸臣陷害，朝廷不肯发兵，父亲单枪匹马闯入贼营的事说了一遍。岳飞一听，赶紧带兄弟们奋勇当先，杀入敌阵营救宗泽。

“舞动”“摆动”“挥动”等几个词语使用得十分恰当，使读者仿佛身临其境。【用词准确】

三人杀下山来，只见汤怀舞动烂银枪，从左边杀入；张显摆动钩连枪，从右边杀入；岳飞挥动沥泉枪，从中间杀入。三人横冲直撞，直杀得众喽罗人人丧命，个个身亡。

这时，宗泽正被贼兵困在中间，情况十分危急，猛然听到喊声：“枪挑小梁王的岳飞杀进来了！”宗泽心中暗想：“岳飞不是已经回去了吗？”正在疑惑，听到一声呐喊，岳飞果然杀到面前，说了声：“恩师，我来迟了！”话音未落，又见汤怀从左边杀来，张显从右边杀来，宗泽喜不胜收，四人合力，向外冲杀。

“恐怕”贼兵被杀光、见到贼兵还“满心欢喜”，这两个词语充分表现出王贵和牛皋的性格特征，十分可爱。【用词准确】

牛皋、王贵恐怕贼兵被他们三人杀完了，所以急急地赶过来。将到营门，二人抬头一看，满心欢喜道：“还有！还有！”只见牛皋拍着乌骓马，舞动双锏，王贵骑着红马，使开大刀，一齐杀入营来，真是人逢人倒，马遇马伤。

喽罗们忙报知王善道：“大王，不好了！前营杀进来三个人，十分厉害。不料背后又有一个红人，一个黑人杀进来，无人敢敌。”王善听了大怒道：“待我亲自去拿他们！”左右答应一声，带马的带马，抬刀的抬刀，和王善一起，出营迎战。

王善一出营，就遇上了王贵。王贵心想：“大哥常说：‘射人先射马，擒贼先擒王。’那我就先将他拿下。”一马当先，径奔王善。牛皋见状，大叫："王哥哥，不要动手，让我来！"这一声喊，犹如晴空霹雳。王善吃了一惊，手中金刀一松，早被王贵一刀连肩带背砍于马下。

王贵取了王善首级，挂在腰间，看到王善这口金刀十分中意，就撇下自己的刀，取了王善的金刀，跳上马来。牛皋见了，急得心头火起，便舞动双锏，逢人就打。正要发疯，早被岳飞看见。岳飞正要上来问他，忽然看到王贵腰间挂着人头，从斜刺里追赶贼将邓成而来。岳飞上前一枪，就将邓成挑落马下。田奇举起方天画戟前来相救，被牛皋左手一锏，挑开了画戟，右手一锏，将他的脑袋打得粉碎，跌落马下。贼兵见主帅军师已死，大溃而逃。

短短几句，一场大战就叙述得十分完整了，岳飞杀邓成，牛皋杀田奇，贼兵的溃逃，各有特色，又详略得当。【多种叙事方式】

山顶上宗方看见贼营已乱，也领兵冲来助阵。宋军大获全胜，贼兵投降者万余人，被杀死者不计其数，缴获大量兵器粮草。

第二天，宗泽带兄弟五人来到午门，奏请皇上论功行赏。不料张邦昌等人以武场罪名加以阻挠，说要将功补过，最后徽宗只封岳飞为没有实权的承信郎。宗泽气愤不已，只好对岳飞说："你们先回去，我再找机会向皇上推举你们。"宗泽嘴上虽然这么说，心里却是依依不舍。只因奸臣当道，要是留他们在京城，恐怕又遭陷害，只得再三叮嘱，送他们出了辕门。

宗泽的一片苦心直接点出，在奸臣当道的朝廷中，岳飞兄弟很难有什么作为，此处暂时终结了岳飞的报国之路，并埋下了伏笔，为日后宣召岳飞做好铺垫。【铺垫】

兄弟五人辞别宗泽，回昭丰镇取了行李，一路往汤阴县而来。一路上谈论奸臣当道，难以建功立业。忽然看见前面有一伙人惊慌失措地跑来，张显下马拉住一人询问缘故，原来前面红罗山出了一伙强盗，路人皆不敢过。众兄弟都满不在乎，要上前去会会这帮强盗，岳飞说："还是小心为妙。汤兄弟，你先去打听一番，我们随后赶来。"

汤怀一马当先，来到一座山边。只见山下一人骑着一匹红马，手持大刀，拦路喝道："拿买路钱来！"汤怀说："你要买路钱，还要问问我手里的家伙！"说着把手中的烂银枪一摆。那人大怒，举起大刀，照着汤怀头上砍来。汤怀举枪架开刀，两人刀来枪架，枪去刀砍，战了个不分高低。

这时岳飞四人赶到，见汤怀与那人相持不下，张显把钩连枪一摆，喝声："我来也！"话音未落，山上一人红战袍，金铠甲，手提点钢枪，拍马而来，截住张显厮杀。王贵举起金刀，上前助战。山上又跑下一人，面如黄土，遍体金装，骑一匹黄骠马，手持三股托天叉，接住王贵大战。牛皋看得火起，舞动双锏打来，又被一个生得青面獠牙，骑着青鬃马，手舞狼牙棒的人抵住厮杀。

岳飞见状，心想："不知这山上有多少强盗？"遂把雪花鬃一拍，正准备向前，忽听山上一阵铃响，一个头戴银盔，身穿白色铠甲，坐下白战马，手执一支画杆烂银戟的人冲下山来，对着岳飞举戟就刺。岳飞用枪一挡，连战七八个回合，那人叫声："我看你有些面善，你叫什么？从哪里来？"岳飞说："我们是汤阴县举子，哪里认得你们这帮强盗？”

那人一听，忙说：“原来是枪挑小梁王的岳飞。”随即跳下马，行礼道：“一时没有认出来，多有得罪。”又叫另外四人前来见礼，介绍道：“小弟姓施名全，这用刀的兄弟叫赵云，那使枪的兄弟叫周青，拿叉的叫梁兴，用狼牙棒的叫吉青。我们五个是结义兄弟，见大哥在武场上枪挑小梁王，英勇无敌，正打算投奔大哥，却在红罗山下被一伙毛贼拦路。我们把他们杀了，准备在此拦些金银财帛，拿来进见大哥。刚才多有冒犯，还请恕罪。”

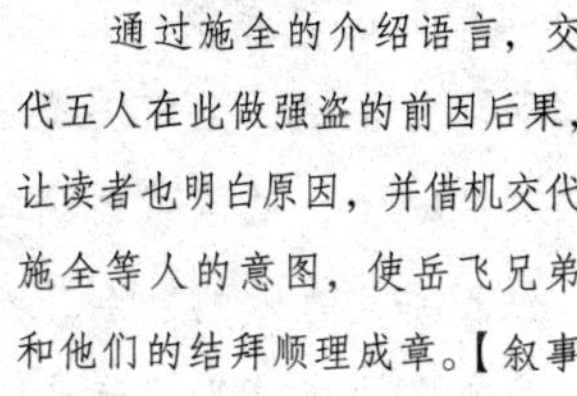

通过施全的介绍语言，交代五人在此做强盗的前因后果，让读者也明白原因，并借机交代施全等人的意图，使岳飞兄弟和他们的结拜顺理成章。【叙事手法丰富】

岳飞大喜，叫来王贵等人一一见过，众人焚香起誓，十人结为异姓兄弟。岳飞见施全等人无处可去，就让他们和自己一起回汤阴老家居住，大家一起修文练武，讨论兵机战法，等待机会报效朝廷。

·品读与欣赏·

这一章紧密联系前面的章节，主要叙述了岳飞枪挑小梁王之后匆匆逃回家乡途中的事情。宗泽爱岳飞之才，赠送了盔甲，岳飞感宗泽之恩救他出贼营，这是相辅相成的两段内容，在这一章中前后照应地叙述出来，十分完整。岳飞兄弟与吉青等人的相遇也安排得合情合理，而且结识的过程充满趣味性，增强了文章的可读性和吸引力，并为下文岳飞的建功立业埋下了伏笔。

·学习与借鉴·

1.情节完整：这一章以“赶岳飞惜才赠盔甲，诛王善返乡遇良朋”为主题，全文围绕岳飞和宗泽之间的情意这一主线，从赠盔甲写到闯贼营，从破贼兵到举荐贤能，都围绕这一主线。最后宗泽暂时了结了岳飞等人的功名，不舍地送他们返乡，这促使他们在途中遇到了施全、吉青等人。步步清晰紧凑，前后照应，完整地展现了岳飞的首次战场经历，并展示了岳飞以仁义服众的领导才能，为下文的建功立业埋下了伏笔。

2.语言幽默：这篇文章多次出现令人忍俊不禁的效果，语言处处充满趣味性，充分地显示了岳飞兄弟初次上战场、第一次与人旗鼓相当地打斗时的昂扬精神。牛皋和王贵奋勇杀敌的急切，众人斩杀敌将时的轻松利落，岳飞与施全等人相识过程中的戏剧性转变……这些都十分引人入胜，吸引着读者，并对其中人物的可爱性格有更深入的展现。这种语言丰富而幽默的特点，为文章增添了魅力和光彩。

第八章 陆子敬大败金兀术 韩世忠失守两狼关

再说宋朝的北面有一个女真国，首领名叫完颜阿骨打，国号大金。他有五个儿子，个个勇猛无比：大太子粘罕，二太子喇罕，三太子答罕，四太子兀术，五太子泽利；又有左丞相哈哩强，军师哈迷蚩，参谋勿迷西，大元帅粘摩忽，二元帅皎摩忽，三元帅奇渥温铁木真，四元帅乌哩布，五元帅瓦哩波。他们对中原垂涎已久，一心要夺取宋室江山。

一天，阿骨打正和将领们讨论军事，军师哈迷蚩进来奏请发兵征宋。原来徽宗退位让给钦宗，钦宗又贪于享乐不理朝政，正是进攻的好时机。

阿骨打大喜，发出告示：谁能举起校场演武厅前的铁龙，就封谁为昌平王、扫南大元帅，领兵攻打大宋。这铁龙原是先王遗下镇国之宝，重有一千余斤，许多人试过都不能举起。只有四太子兀术能轻易地举起铁龙。阿骨打马上封兀术为昌平王、扫南大元帅，率领军师参谋、左右丞相、各位元帅和五十万大军，攻打大宋。这五十万金兵人如恶虎，马似游龙，旌旗蔽日，金鼓喧天，一路朝大宋而来。

行军一月有余，到了大宋边界。第一关是潞安州。镇守潞安州的节度使名叫陆登，绰号小诸葛，是宋朝名将，手下有五千人马。夫人谢氏，生有一子，年方三岁。

这天陆登正坐在衙门里办公，忽然探子来报，说是金国主帅完颜兀术率领五十万大军来犯潞安州，如今只有百里之遥了。陆登吃了一惊，急忙写了一封告急奏章，差人星夜赶往京城，求朝廷发兵救援。又写了两道告急文书，一道送给两狼关总兵韩世忠，一道送给河间府太守张叔夜，求他二人发兵相助。安排妥当，陆登率领三军，利用现有的条件准备御敌的工具，亲自上城把守，昼夜巡查。

兀术在潞安州外扎下营寨，陆登在城上观看金兵，果然厉害，于是吩咐部将好好坚守阵地，等救兵来到再出城迎敌。

兀术见潞安州城头旌旗招展，戒备森严，问军师哈迷蚩道："这潞安州是谁把守？"哈迷蚩说："守将陆登，绰号小诸葛，极善用兵。"兀术又问："那他是忠臣还是奸臣呢？"哈迷蚩说："是宋朝第一忠臣。"兀术说："既如此，我去会会他。"当即传下号令，点了五千人马，杀到城下。

陆登吩咐军士："好好看守城池，待我出去会会他。"遂提枪上马，打开城门，放下吊桥，城头一声炮响，陆登单枪匹马，杀到阵前。兀术见了，暗想："果然与众不同！"就劝说陆登归降。陆登大怒，一枪朝兀术刺来。

兀术举起金雀斧，掀开枪，挥斧就砍，陆登抡枪接战。两人战了五六个回合，陆登自觉不是兀术的对手，掉转马头就走。兀术拍马追来，陆登朝城头大叫：“城上放炮！”兀术一听，回马就走。陆登进了城，对众将士说：“这兀术果然厉害，你们要小心坚守，不可小觑他。”

第二天，兀术又到城下挑战，可城上挂起“免战牌”，任兀术怎么叫骂，就是不出战。兀术叫阵半个多月，眼看陆登总不出战，自己粮草倒是用去不少，不免心急，于是命乌国龙、乌国虎去打造云梯，命三元帅奇渥温铁木真领兵五千打头阵，自己率大军为后队，准备大举攻城。

来到城下，金兵将云梯在城墙边架起来，纷纷攀爬而上。眼看就要爬到城头，突然城上一声炮响，上面射下一股股水一样的东西，云梯上的金兵纷纷跌落下来，云梯也被城头宋军收了上去。

兀术一看大惊失色，忙问军师哈迷蚩。哈迷蚩说：“这陆登用粪汁和上毒药，熬成滚烫的蜡汁，再用竹管射出来，只要沾上就必死无疑。”兀术一看，不敢再攻，只好回营。

回营后，兀术与哈迷蚩商议要夜袭潞安州。到了黄昏时分，兀术仍旧带领五千金兵，带了云梯，命金兵偷偷爬上去。兀术在城下看见城头没有灯火，金兵纷纷爬上了城头，心中大喜，对哈迷蚩说：“看来这次是拿下潞安州了。”话没说完，突然城头声炮响，刹那间，灯笼火把将城头照得如白昼一般，爬上城头的金兵人头被一颗颗扔下来。

兀术一看，不禁暗暗叫苦，原来城上用竹子撑着丝网，网上挂着倒钩，悬空张着。那些爬上城头的金兵，黑灯瞎火也看不清楚，都掉进网里，被网缠住，结果都被杀了。

兀术回营，想到四十多天来攻城毫无进展，反而死伤不少军士，心中十分苦闷。哈迷蚩看兀术心烦，便邀他出营打猎解闷。

兀术依允，点起军士，带了猎犬鹞鹰，往茂林深处打猎。忽然远远看见有个人正往树林里躲。兀术命手下将此人捉住，此人自称是附近百姓，因事路过这里。兀术看不出破绽，正要放他，却被哈迷蚩叫住。哈迷蚩老奸巨猾，觉得此人对答如流不像百姓，让小卒先将他带回大营。

兀术回到大营，细细盘问那人。那人照前说了一遍，一句不改。兀术就对哈迷蚩说："真是百姓，放他去吧。"哈迷蚩说："就是要放他，也要在他身上搜一搜。"便叫小卒在那人身上仔细搜查，但没搜出东西来。哈迷蚩踢了那人屁股一脚，喝声："去吧！"不料后面滚出来一个东西。哈迷蚩高兴地说："看！这是奸细带的蜡丸信。"遂用小刀将蜡丸打碎，里面有一团皱纸，抹平一看，却是两狼关总兵韩世忠写给陆登的信。

原来此人名叫赵得胜，是韩世忠派来给陆登送情报的。哈迷蚩看了信，计上心头，对兀术说："待臣照韩世忠的笔迹写一封信教陆登助阵，引他出城，到时我一面领大军将他重重围住，一面派人领兵抢城，大事必成。"兀术一听大喜，便叫哈迷蚩快快打点。

哈迷蚩在大宋做过一段时间的奸细，中原话说得不错。他换上赵得胜的衣服，照着韩世忠的笔迹假造了一颗蜡丸信，来到城下大声叫门。

陆登正在城头巡查，忽然听到城下叫喊，说是有机密上呈。陆登让军士放下箩筐，把来人吊上城头盘问。来人自称是赵得胜，奉两狼关总兵韩世忠的命令，送密信到此。陆登为防假冒，详细询问了韩世忠家里的情况，来人答得丝毫不差，原来他早把韩元帅家的事问得一清二楚了。

“赵得胜”从身上摸出一颗蜡丸，陆登打碎一看，密信里说韩世忠将率援军赶来，明晚让陆登率守军杀出，内外夹攻。陆登一看，心生疑惑：“我如果率守军杀出城去，兀术分兵前来攻城，如何抵挡？”

正在疑惑，突然陆登闻到一股羊臊味，就问身边军士：“今天谁吃羊肉了？”军士都说没有。陆登把信放在鼻子边一闻，喝道：“快把来人绑了！”军士绑住来人，陆登哈哈大笑道：“如果不是这股羊臊气，几乎被你骗了。你是金国什么人？谁派你来的？”

哈迷蚩一看被陆登识破，只得承认自己是金国军师哈迷蚩。陆登早就听说金国有个哈迷蚩，经常潜入中原打探消息，伺机进犯中原，深以为恨，就吩咐家将：“把他的鼻子割下来，放他回去。”家将答应一声，便割了哈迷蚩的鼻子，放下箩筐让他回去。

哈迷蚩满脸是血，逃回大营。兀术见哈迷蚩鼻子被割，又怒又气，只得好言安慰一番，让哈迷蚩回后营养伤。

兀术心中气恼，就带了千余人去攻潞安州水关，正巧陆登当日不在城上，守城兵士挡不住兀术，被番兵冲进城来。陆登听说番兵进城了，想到未能为国尽忠，就横剑自刎了，夫人把幼子陆文龙托给乳母抚养，也跟着自刎了。城中大乱。

兀术派哈利禄镇守此地，自己领兵来攻两狼关。汴梁节度使孙浩率五万军队来支援，路遇金兵，由于寡不敌众，很快就招架不住了。两狼关总兵韩世忠令大公子尚德领兵前去接应。

将近金营，韩公子见金兵营盘人马众多，吩咐众军士扎住营盘，只身冲进金营，这才知道孙浩的人马已全军覆没了。金兵齐拥上来，把韩公子团团围住。扎营的众军士，在外边远远地望了半日，并不见公子的消息，疑心不好，就回进关中，报于韩元帅夫妇。

韩元帅忍悲安慰夫人，亲自领兵出关，杀入重围，一则打探消息，二来要为儿子报仇。兀术趁机与军师计议，下令叫众平章等将韩元帅围住；自己则带领大兵，浩浩荡荡，杀奔两狼关来。

关内的梁夫人闻得丈夫、儿子俱已被困，将幼子托付奶娘先出城去，自己带领家将人马，来到关前。守关众将上前迎接道："番兵势大，夫人只宜坚守关隘，不可出兵。"梁夫人在三山口上摆好大炮，带了人马，放炮出关迎敌。但她毕竟是女流，战到五六个回合，不敌兀术，只好掉头逃回关内。

兀术随后紧紧追赶。将近关前，梁夫人高叫一声："放炮！"三山口上众将正待开炮，不道霎时间满天黑雾迷漫，半空中一道霹雳打将下来，那炮失了准头，两边炸开，把两狼关打开一条大路。金兵趁势一拥而上，抢入关中。

梁红玉见大势已去，就率领残部到城外小树林中休息，与终于杀出重围的韩氏父子相见，韩世忠决定上京请罪。刚走到黄河边，圣旨传来，说韩世忠本应问罪，但守关有功，姑且抵罪，虽免死罪，但要削去官职，韩氏一门就回陕西老家去了。

·品读与欣赏·

这一章先放下了本书的主人公岳飞，转而叙述金国首领派四太子兀术进犯中原，掠夺大宋领土和资源的情况。整篇文章详略得当，张弛有度。面对金兀术的长驱直入，守城的宋将各展所能，却最终以失败告终，让兀术轻易来到黄河岸边。全文对各位宋将的表现都做了描述，忠奸善恶都在行文中给予评价，写出了许多可歌可叹的英雄志士。文中埋下了几处伏笔，在文章结尾处，还交代了韩元帅夫妇的去向，为后文岳飞抗金做好了铺垫。

·学习与借鉴·

1.内容充实：文章主要叙述了金国兀术的大举进攻，从最开始遇到陆登的抵抗到最后打败了韩元帅夫妇，成功到达黄河岸边，作者用详尽的交战过程表现陆登、韩世忠、梁红玉等忠臣良将的智勇双全，也浓墨重彩地一一展示了几位守将的战斗过程，从中体现出他们的忠君思想，丰富而充实的内容也为文章增添了精神上的魅力和光彩。

2.叙述模式多样：这一章叙述了几位守将的御敌方法，将领们同样抱着救国的志向，以各不相同的方法抵御金兵。陆登的防备巧妙而机智，几次打退了兀术的进攻，令兀术伤透了脑筋，但最终败在防守的空虚上；韩世忠父子的英勇杀敌险些丧命；梁红玉的反击又是因为失误而失败。各不相同的情节，作者以多样的叙述模式展现在读者面前，使文章详略得当，合情合理。

3.结构巧妙：这一章的结构紧密而完整。从金国首领完颜阿骨打起了犯宋之心到选能人领兵，又从兀术攻打潞安州到最终攻下两狼关，写来因果合理，笔笔不乱。结尾处还留下了伏笔，点出日后岳飞抗金时还有韩元帅夫妇的用武之地，吸引读者往下看，安排得十分巧妙。

第九章 金兀术兵渡黄河 张邦昌献帝卖国

再说河间府节度使张叔夜听说两狼关失守，心中惊慌。为保一城百姓不受屠戮，他决定诈降，等金兵渡过黄河，各路援军赶到，再从敌人身后反攻。张叔夜有两个儿子，长子名张立，次子名张用，都是骁勇善战之人。他们见父亲竟然准备投降，十分不满，就私自离城，想去截杀金兵，不想金兵太多，二人冲杀一阵，各自逃脱，却自此走散了。

> 张叔夜的诈降可称作忍辱负重，但他的两个儿子私自此逃走，为后面情节的展开埋下了伏笔。【铺垫】

兀术大军开到河间府，刚到城门，只见远远一队人马举着降旗，迎接出来。兀术问道："张叔夜，本王久闻你是个忠臣，怎么今日不战而降了？莫非有诈？"张叔夜忙说不敢，并说明只是想保百姓平安。兀术觉得有理，就下令军队不许惊动百姓，在河间府安排一番后，大军直逼黄河。

金兵逼近黄河的消息不胫而走，让徽钦二帝慌了手脚，急忙一面派康王赵构到江南召集各路援兵，一面封李纲为平北大元帅，宗泽为先锋，领兵五万赶往黄河退敌。李纲率军火速赶到，此时

只用两句话就交代了宋金双方的备战情况，让人不禁为宋军担心。虽然是轻描淡写的叙述，却更有牵动人心的效果。【写作手法巧妙】

兀术因黄河结冰而得以过河，这是天意，但昏庸的徽钦二帝却把罪责推到李纲和宗泽身上，用手中朝不保夕的权力将他们革职。这一点从侧面表现了宋朝统治阶层的昏聩无用。【意绪深刻】

兀术正在赶造渡河的船只。李纲就派了张保带兵把守河岸，防备金人的奸细过河打探。

当晚，张保坐了小船到对岸打探军情，抓了一个金兵询问，才知道是到了兀术的造船厂，他杀了一些工匠和士兵，一把火烧了造船厂和所有船只。金人没有船无法渡河，不想天气骤变，一连几日阴云密布，天寒地冻，黄河上结了厚厚的冰。兀术大喜，踏冰过河直至南岸。宋军见金人来势凶猛，纷纷逃走，宗泽孤掌难鸣，只好也跟着跑了。张保见势不妙，背了李纲就跑，走到中途就听说圣上已经将他们革职了。

兀术很快就杀到了汴梁城下，钦宗没有办法抵御，就派张邦昌带了黄金美女对金军求和。兀术早就知道张邦昌是个大奸臣，就想杀了他。哈迷蚩劝道：“张邦昌对宋朝是奸臣，对我国却有用处，不如等取了大宋天下再杀他。”

兀术接见了张邦昌，并劝他投降金国，张邦昌立刻同意了。兀术让他献计夺取宋氏江山，张邦昌说：“狼主可向大宋皇帝要一位王爷做人质，若不肯，就进兵，不怕他不给。”兀术点头，派了左右两个丞相与张邦昌同去。

钦宗皇帝听了兀术的条件一时犹豫不决，进后宫报给徽宗，徽宗心知是奸臣张邦昌的主意，但此时已没有其他办法，就把赵王叫到面前，嘱咐了一番国家大义的话。赵王名完，年仅十五岁，是个孝子。他见徽宗如此为难，就答应做人质，跟着新科状元秦桧来到金营。

兀术叫把赵王带上来，守帐的金兵十分凶恶，把赵王拉下马来一路拖到帐中。秦桧在后急喊："不要惊吓了我们殿下！"到了兀术面前一看，赵王早就被吓死了。兀术叫秦桧把赵王的尸身埋了，又问张邦昌有何计策。张邦昌说："朝内还有一个九殿下康王赵构，可再让他来做人质。"

赵王的死十分具有戏剧性，由此引出康王赵构进金国的情节，使故事顺利地发展下去。【情节曲折】

张邦昌再次回宫，说明赵王摔下马来死在金营，现在兀术还要一个亲王才肯退兵。徽宗无奈，只好把康王找来。康王无奈，只得答应去金营做人质。二帝派了吏部侍郎李若水护送康王。张邦昌先去禀报兀术，兀术怕康王再被吓死，就出门迎接。李若水嘱咐康王要随机应变，不可伤了大宋国体。

兀术见康王赵构年纪尚小，生的唇红齿白，风神俊秀，非常喜欢，便说："殿下生的一表人才，真有帝王之相。你若肯拜我为父，他日我取了宋氏江山，就让你做皇帝。"

康王人在矮檐下，只得勉强拜了兀术，兀术十分高兴，另扎了营房给康王

在陷害了宋朝的两位王爷后，张邦昌还要出卖徽钦二帝，从这段对话中就能看出张邦昌的可恶至极。【对话描写】

居住，把李若水留在了军中听用。第二日，兀术找来张邦昌，问他下一步有什么计划。张邦昌说："我要把徽钦二帝献给狼主。"兀术大喜，忙命他依计行事。

张邦昌回到京城见二帝，假意痛哭着说："那兀术觉得康王只是个亲王，要陛下把五代先王牌位也献出，方显诚意。"徽钦二帝一起到太庙去痛哭一番，说："不肖子孙，不能自奋，至累先王！"哭罢捧出牌位来交给张邦昌。张邦昌得寸进尺，让二帝亲自送到金营去，二帝不知是计，无法，只得亲自送去，不想刚出了城，就被金兵一拥而上绑了起来。

二帝做了俘虏，京城大乱。兀术怕宋朝百姓不服管束，又怕各地援兵来到，就立即扶张邦昌做了皇帝，国号大楚，他自己押着二帝和抓到的皇亲国戚、文武大臣回师金国。

李若水保着囚车，一路来到河间府，正在行走，只见前面一人跪倒接驾，正是张叔夜。李若水怒道："你这奸臣，卖国求荣，还来做什么？"张叔夜哭道："臣并非投降，只因见陆登、韩世忠均未成功阻敌，想保存实力等援兵来了好前后夹击，不想圣上听信奸佞，以致蒙尘。臣不能为国效力，偷生何用？"说着举剑自刎而死。

二帝自悔，却也无法了，只得葬了张叔夜，继续北上。只有李若水暗暗发誓：我来此护主，不过一死罢了。

到了金国国都，阿骨打大宴宾客，为兀术的胜利庆祝，席间百般戏弄二帝。他们将二帝脱去靴袜带上铃铛，又烧热了地面，让二帝烫得乱跳，使铃铛作响。金将在一旁观看，见二帝狼狈之态，齐声大笑。李若水一代忠良，见君王受辱，怒不可遏，指着完颜阿骨打大骂一番。

阿骨打十分气恼，下令把李若水手指割去，李若水不肯驯服，换了另一个手指继续唾骂，阿骨打叫道："把那个手指割去！"如此割了五次，左手的手指皆割去了，血淋淋十分惊人。谁知李若水举起右手继续大骂，阿骨打大怒，把他十指都割去了，以示惩罚。但李若水坚韧不拔，依然大骂不止。阿骨打又命人割去他的舌头，李若水霎时变成一个血人，但他依然坚贞不屈，趁人不备冲上前去死咬住阿骨打的耳朵不放。金将急忙上前，一阵乱刀把李若水砍成了肉泥。

一位金国官员钦佩李若水的忠烈，悄悄把他的尸骨盛在一个盆中，私自藏好。阿骨打叫来太医包好耳朵上的伤口，封徽宗为"昏德公"，钦宗为"重昏侯"，下令押往五国城，拘在陷阱之内，其他俘虏分配给金国贵族当奴隶。二帝从此以后就被关在一口枯井中，每日里只能长吁短叹，坐井观天。

·品读与欣赏·

这一章写了金兀术渡过黄河，直逼汴京，奸臣张邦昌利用奸计，使徽钦二帝连同皇子朝臣都被掳回金国，并在金国艰难度日。张邦昌连献三计，就断绝了宋朝的继承人，连朝廷的宗庙都被破坏了，读来让人感叹、同情的同时又觉得二帝是自作自受。与奸臣张邦昌形成鲜明对比的张叔夜和李若水的壮举却又令读者觉得荡气回肠，崇敬之至。

·学习与借鉴·

1.对比手法：这一章大量运用了对比手法，忠臣与奸臣的对比，忠义之举与摇尾乞怜的对比，二帝被俘虏前后状态的对比，有明有暗，贯穿在整个文章中，使读者在阅读的过程中产生深刻的思考，从这些对比中得出自己的分析和结论。

2.人物刻画：文章采用多种手法，刻画了一大批有血有肉的人物。他们的性格好恶，忠奸善恶，面对大事时的选择，都得到很好的展示：张邦昌的卖国求荣，张叔夜的忍辱负重，李若水的慷慨赴死，在这一章中都做了精彩的描述，令人读过后印象深刻。

第十章 奉血诏康王脱金营 崔府君泥马渡康王

却说宋朝有个雁门关总兵名叫崔孝，十八年前就失陷在金国，由于他擅于医马，所以与金国的军营来往密切，二帝被掳到金国后他就借职务之便，四处打听二帝的下落。他听说二帝被关在五国城的枯井中，就拿了两件羊皮袄，烧了几十斤肉脯，到五国城央求守军，想到二帝面前表一点忠心。

守城的番将与他相熟，就同意了。崔孝来到城中，在众多枯井之中寻找了半天，却一无所获，他失望之极，累得倒在地上。忽听前面的井中有人说话：“你我父子如今……”崔孝大喜，料定必是二帝，忙来到井前倒身下拜，口称万岁，不禁老泪纵横。

崔孝把衣服食物都送给二帝，请示接下来的打算。徽宗叹道：“只因张邦昌叛国，如今赵王跌死在金营，康王也被掳来金国了，中原再无殿下。”崔孝奏道：“既如此，就请陛下降一道诏书，臣带去寻找康王殿下，让他逃回本国，起兵来救二位陛下。”二帝点头，但苦于没有纸笔，只能撕了一块衣襟，咬破手指写了一道血

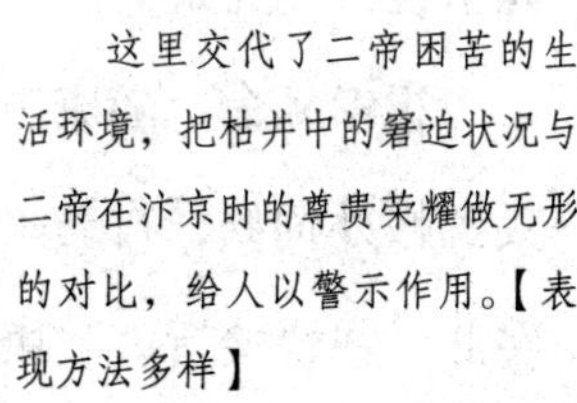
这里交代了二帝困苦的生活环境，把枯井中的窘迫状况与二帝在汴京时的尊贵荣耀做无形的对比，给人以警示作用。【表现方法多样】

诏，让崔孝带着。崔孝藏好了密诏，哭着拜别了二帝，每日都往金营里去打探康王消息。

再说兀术过了新春，到了二月，又整顿了五十万人马，第二次杀向中原。崔孝作为马医也跟随而去。四月间到了潞安州，天气渐热，六月中旬，就到了黄河，金兵都是北方人，耐不得热，兀术就吩咐在河边安营，待天气稍凉再进兵。

每日骑射打猎，转眼间就到了七月十五。兀术安排了宴席和祭礼，望北祭祖。只见兀术穿戴整齐，礼数端严，身后跟着一个王子，金人打扮，风神俊秀。崔孝站在队伍中，打听到这位就是康王，便暗自思索着要怎样把血诏给康王。

寥寥数语，就点出了康王在金营中的生活状态，为崔孝的寻找做结，也开启了下文把血诏传给康王的情节。【承上启下】

正巧康王行至崔孝面前时，座下的马略有不稳，他身子一晃，身边挂着的一张雕弓掉到地上。崔孝急忙上前捡起，递给康王。兀术看他是中原人，就让他跟在康王身边服侍。兀术北望朝宗，康王坐在席间，不禁想起二帝蒙尘，宗庙败毁，怔怔地流下泪来，连喝酒都忘了。兀术问道："王儿为何不悦？"崔孝在旁，忙回道："殿下并无不悦，是刚才受了马的惊吓，身体不适，所以无心饮酒。"兀术说："既如此，你就扶殿下到后帐歇息吧。"

崔孝领命，随康王回到后帐。康王仍痛哭不止，崔孝吩咐番兵到帐外伺候，自己来到康王面前说："康王殿下，二帝有血诏在此，快快接旨。"康王一惊，随即跪倒。他接过血诏，从头到尾仔细查看后，放声大哭，崔孝也跟着流泪。忽听门外番兵报道：“狼主到！”二人急忙藏好诏书，收了悲声。

兀术进来问了情况，康王勉强应答，正说话间，忽见半空中飞过一只大鸟，停在帐篷顶上对着帐中鸣叫，说的却是中原话：“赵构，此时不走，更待何时？”康王听了暗自心惊。兀术问道：“这鸟叫声奇特，叫些什么？”康王怕他起疑，就说：“请让孩儿射下此鸟献给父王。”兀术应允了，康王弯弓搭箭，心中暗道：“若是神鸟，引我逃脱。”一箭射出，那鸟忽的飞起，张口衔了箭飞走了。

平铺直叙中忽然插入一只神鸟，不仅能口吐人言，还带着康王出逃。把文章的情节推向高潮，引着读者继续向下看个究竟。【叙事手法多变】

崔孝见机不可失，立刻牵了马来，叫道：“殿下，快上马追！”康王跳上马，紧跟在神鸟之后，越跑越远。兀术不明真相，怕他骑马太快而受伤，就骑上自己的火龙驹，一路追去，不一会儿就追上了气喘吁吁的崔孝。兀术暗想：“定是这老儿对王儿说了什么。”他大喊：“我儿不要追了，快快回来！”康王听兀术追来，吓得魂不附体，急忙紧夹马腹，更快地向前跑去。

兀术见康王不回，就用箭射他后背。不想射在马腿上，那马一疼，把康王掀下来自己跑了。兀术越追越近，康王心中万分焦急，又没有马，只好朝树林中跑去。正在危难时刻，树林中走出一个老者，牵着一匹马，对康王叫道：“快快上马！”

兀术在后面看见了，心中大怒，催马紧追康王。康王骑了老简练的文笔交代了每个人的情况，康王跃入江中，兀术心中疑惑，老者神秘莫测，崔孝尽忠殉国。康王是生是死，吸引着读者继续阅读。【语句精练】

者的马，一路跑到夹江。前有拦路江水，后有兀术追赶，急得他大叫：“天要亡我！”忽然那马前腿悬空，一下跃入江中。兀术一见，暗道：“不好！”近前一看，早就没了踪影。再回头寻那老者，也不见人影，而崔孝已经自刎在路边了。

兀术回到金营，对众将讲了康王跃入江中之事，众人都说肯定活不成了。再说康王，在江中好像在雾中飘一样，没有沉下去，不一会儿就到了对岸。原来他本该当天子，行动就有神助。康王提马向前，一路来到一个庙宇前停住，庙门上的匾额写着“崔府君庙”四个字。那马一路走到殿中，化成了殿上的泥马。康王心中惊疑不定，但十分疲惫，就在庙中歇下来。

再说夹江地属磁州丰丘县，县主都宽得到神人指示，让他去崔府君庙中接迎真主。他四处打探，却无人听说过崔府君庙，最终在茶夫蔡茂口中得知庙宇的所在地，即命他带路，亲自来接真主。

来到殿中，只见四处破败，并没有人。都宽派人四下查探，在帐幔底下看到了康王。康王十分劳累，正在休息，被都宽的手下惊醒了。他立刻拔出腰刀喝道：“谁敢近前！”都宽忙跪倒在地，说：“主公莫怕，臣是此地县主，前来接驾的。”康王道：“我是康王赵构，圣上的九殿下，从金营逃出，幸得神明显灵，让泥马驮

这里的语言描写抓住了说话人的身份特点和性格特征，在两人的对话中把前情交代得明明白白，既照应了前文，又不显得重复。【对话描写】

我过江，到了此处。”都宽喜道：“正是神灵托梦，让臣来此接驾。”

康王放了心，随都宽进城，不在话下。到了县中，康王休整一番，叫过都宽询问：“这里有多少兵马？”都宽回到：“只有马兵三百，步兵三百。”康王道：“此地兵力不足，如若金兵追来却如何是好？”都宽劝康王发下指令，调各地兵马前来保驾。正商议间，手下报道：“有金陵张元帅带兵五千，前来保驾。”

康王见先行官王渊元帅，仪表非凡，再看张所元帅，虽已经七十多岁，仍然威风犹存，便放下了心。问道：“二位卿家，此处城低兵少，如何应对金兵？”王渊道：“国不可一日无君，不如主上移驾汴京，主持朝政，迎回二帝。”张所道：“汴京已被张邦昌所占，今陛下兵少，不可强征。”君臣商议一番，决定定都金陵，康王准奏，择日起身，往金陵进发。一路上旧时臣子闻知，都来保驾。

· 品读与欣赏 ·

这一章从崔孝的千里寻主写到康王奉血诏出逃，文章最突出的地方就是塑造了崔孝这样一个忠义两全的大宋忠臣。崔孝的忠心为主不仅体现在语言上，更体现在行动上。崔孝最终找到康王，转达了二圣的旨意，帮助康王出逃后，就壮烈殉国了。他的死使兀术无从追查康王逃走的原因，在一定程度上帮助了康王的逃亡。

· 学习与借鉴 ·

1.内容充实：文章的主题是“奉血诏康王脱金营”，全文紧紧围绕这个主题，从崔孝求得血诏到康王成功逃到大宋境内。详略得当，笔笔不乱。文中几次出现的神异现象更是增添了文章的神秘色彩，使文章更具备吸引力和趣味性。

2.叙事精彩：康王的出逃经过无疑是本文的重点。从神鸟引路到兀术追赶，一直是平铺直叙，直到康王被追到江边，无奈跃入江中，让读者悬心而待，猜测康王的结局。然后给出答案，说明康王得救的经过。这种曲折的叙事方式、多种叙述模式并存的行文方法，增添了文章的可读性。

第十一章 高宗即位招英雄 岳飞守忠母刺字

到了金陵，康王暂时住在鸿庆宫，群臣皆来朝见。于五月初一日，康王赵构在金陵即位，庙号高宗，改元建炎，发诏召集四方勤王兵马。数日之间，就有赵鼎、田思中、李纲、宗泽并各路节度使、总兵来护驾，又遣人往各路催取粮草。各路听闻，也都解送粮米来接应。

汤阴县徐仁听说新君即位后，立即四处催粮，凑足了一千担，亲自押解到金陵。这一日到了金陵，他到辕门见中军官禀报，谁知中军官要钱财才肯进去通报。徐仁会意，封了些银子给中军，中军竟嫌少，坚持不与通报。

徐仁气恼，就抽出马鞭来，在外击鼓。王渊元帅听击鼓声，忙叫人查问。徐仁禀明了情况，元帅叫徐仁进去说话。徐仁不慌不忙，走到阶下，将粮草的手本呈上。王元帅看了大喜，但责怪徐仁不先让中军官通报。徐仁说明了中军官的行为，王元帅道："有这等事！"立即吩咐将中军重责四十军棍，又给了徐仁五十两银子权作路费。

徐仁谢过，转身出门去了。王元帅忽然想起一件事，让旗牌官叫回徐仁。不想旗牌官听错了，认为老爷让抓回徐仁，他想给中军官出气，就把徐仁抓回来了。徐仁大怒，把乌纱帽扔到元帅桌上，怒声质问。王元帅不知何意，问明情况后，把旗牌官也打了四十棍，赶出了辕门。

元帅问："本帅久闻贵县有个岳飞，如今怎样了？"徐仁道："这岳飞挑死了小梁王，功名不就。现今闲住在家，务农养亲。"元帅道："既如此，就请你保举岳飞，让他来报效国家，岂不好？"徐仁一听大喜，替岳飞谢过后回到客店。一夜无话。

次日清晨，王元帅引了徐仁同到午门。元帅进朝奏请皇帝下旨召岳飞前来，又引见了徐仁。高宗点头，随即传旨，把诏书和给岳飞的礼物交给徐仁，又赐了徐仁御酒三杯。徐仁吃了，一路回汤阴来请岳飞。

再说岳飞自从遇见了施全之后，回到家中，习练武艺。不想其年瘟疫盛行，几位员外相继去世。又遇着旱荒，牛皋母亲不久也去世了。几个兄弟耐不住饥馑，到太行山落草做了强盗，只有岳飞一家苦守清贫。这一年，岳飞二十三岁，已生养了几个子女，长子岳云年已七岁。一日，岳飞在院中练武，几个兄弟披挂整齐，想要拉他入伙。岳飞严词拒绝，并说："众兄弟，为兄的从此与你们划地断义，各自珍重！"众人无奈，只得走了。

岳飞见了，十分难过，无心操演枪马，回家闷坐。正在烦闷之时，忽听得敲门声。岳飞开门，见门外人自己并不认识，那人躬身道：

“请问这里是岳飞府上吗？”岳飞道：“在下就是岳飞，不知有何见教？”那人听了，便拜道：“久慕大名，特来相投！”

岳飞一问才知道，此人名于工，前来学一些武艺。岳飞见他十分直爽，就与他结拜了。于工取出二百两白银给岳飞，当做住在岳家的盘缠。岳飞推辞不过，只好拿进去给母亲。于工又打开包裹，取出十块马蹄金、几十粒大珠子，又拿出一件猩红战袍，一条羊脂玉玲珑带和一封书来，叫岳飞接旨。岳飞道：“兄弟，你说明白，我才接。”

那人道：“实不瞒大哥，我并非于工，乃是洞庭湖通圣大王杨幺驾下东胜侯，姓王名佐。久慕大哥文武全才，因此特来请大哥，同去扶助江山，共享富贵。请哥哥收了。”岳飞道：“岳飞虽不才，怎能弃家国于不顾，背国投贼？你再不要多言。”

王佐劝道：“古人云天下者，非一人之天下，惟有德者居之。大哥不趁此时建功立业，还待何时？”岳飞坚持不肯，说：“兄弟速速请回，你纵有陆贾、萧何的口才也难动我的忠心，快回去回复你家主人吧。”王佐见岳飞忠烈，只得把礼物收了，仍旧包好。

岳飞又走到母亲屋中要来刚才的银两，还给王佐。王佐见岳飞决不肯收，只得收下，拜辞了岳飞，仍旧背上包裹，上路回去。

岳飞送王佐出了门，转身进来，见了母亲。岳母问道：“刚结拜的兄弟，怎么不留人住几日？”岳飞把王佐的来意对母亲说明了，岳母点头道：“原来如此。”又想了一想，说：“你出去端正香烛，在中堂摆下香案，待我出来。”岳飞称是，就走出门外，办了香烛，摆列端正，进来禀知母亲。

岳母便带了媳妇一同出来，在家庙之前焚香点烛。拜过天地祖宗和周侗的灵位，然后叫岳飞跪着，让媳妇取出绣花针来，并在一旁磨墨。岳飞跪下道："母亲有何吩咐？"岳母道："做娘的见你不受叛贼之惑，不贪图富贵，十分欣慰。但恐我死之后，又有那些不肖之徒前来勾引，倘若你一时失了志气，做出不忠之事，就把半世芳名都毁了。我今日要在你背上刺下'精忠报国'四字。愿你做个忠臣，娘死后，听大家说你一生忠烈，我就能含笑九泉了！"

岳飞道："母亲说得有理，就请刺字罢！"就将衣服脱下半边。岳母先在岳飞正脊上写了"精忠报国"四字，然后用绣花针在他背上一针一针地刺，每刺一针，就见岳飞的肉一抖。岳母道："我儿痛么？"岳飞道："母亲还没刺，怎么问孩儿痛不痛？"岳母流泪道："我儿！你恐怕娘手软，故说不痛。"于是咬着牙根刺完，又将醋墨涂上，便永不褪色了。岳飞起身，叩谢了母亲之恩，就各自回房安歇了。

再说汤阴县主徐仁，奉圣旨回到汤阴，来聘岳飞。一日带了众多衙役，抬了礼物来到岳家庄叩门。岳飞开门，认得是徐县主，就请进家门。徐仁叫岳飞接旨，岳飞躬身问道："老大人，不知是何人旨意？说明了，岳飞才敢接。"徐仁道："康王殿下从金营逃回，在金陵做了皇帝，这就是大宋新君高宗天子的旨意。"岳飞听了大喜，连忙跪下，徐仁宣读了圣旨。

读罢，将圣旨交与岳飞。岳飞双手接来，供在中央。徐仁道："军情紧急，今日就要起身，你可把家事料理料理。"岳飞道："怎敢迟延！"就请徐仁坐定，将聘礼收进后堂，请母亲出来坐了，李氏夫人侍立在旁。

岳飞禀告了母亲，又在祖宗神位和周侗灵位前拜祭了，徐仁在外吩咐从人，将岳飞衣甲挂在马上，军器物件叫人挑了。岳飞拜别了母亲，又与妻子对拜了两拜，飞身上马，徐仁随在后边送行。刚要起行，忽见岳云赶来，跪在马前。岳飞问道："你来做什么？"岳云道："孩儿在馆中听人说父亲奉旨要走，故此赶来送行。"岳飞叮嘱了岳云几句，上马赶路。

徐仁回县中料理完粮草，飞马赶上岳飞，一同进京。不一日，到了金陵，一齐在午门候旨。高宗传旨宣召上殿。徐仁引岳飞朝见缴旨。高宗敕赐了金帛彩缎，让徐仁仍回汤阴理事，日后再加封赏。徐仁谢恩，自回汤阴去了。

·品读与欣赏·

这一章写康王在金陵即位做了高宗皇帝，广招贤臣抗击金兵，而岳飞得到诏书，奉旨进京的事情。全文情节曲折，用几件事写出了岳飞忠心不二的坚定性格。虽然度日艰难，岳飞不惜与几位兄弟决裂也坚持不上山做强盗；水寇杨幺派王佐拿了重金来邀请岳飞入伙，岳飞坚持不收；更是忍受了极大的痛苦让母亲在背上刺了"精忠报国"四字，这才终于等来了朝廷的诏书，得以到战场上一展宏图，留下了一段佳话。

·学习与借鉴·

1.主题鲜明：这一章在“康王即位招英雄”的大前提下，突出表现了岳飞的忠义仁孝。尤其是文章中岳母刺字的情节，将故事的发展推向高潮，集中表现了岳飞的忠孝两全，并为后面的情节发展埋下了伏笔。岳飞作为英雄的形象也由此得到认同。这一章通过几件事情，主题鲜明地向读者介绍了岳飞其人。

2.结构完整：文章采用正叙、倒叙、插叙等多种方法叙述了岳飞奉诏入朝的前前后后，全文结构完整，前后呼应，把岳飞入朝写得有理有据，让读者一看便知，最后卒章显志，以岳母刺字为结尾，突出了全文的重点，达到了写作目的。

3.人物性格突出：本文通过语言、行动、心理、神态等各个方面的描写，集中表现了人物最突出的性格特征，岳飞的忠孝两全、岳母的教子严格、徐仁的为国荐贤，他们最典型的性格特征都在文中得到最突出的表现。表现手法的丰富和充实为文章增添了可读性。

第十二章 岳飞连胜金兵 吉青险捉粘罕

且说高宗见岳飞一表人才，十分欢喜，便暂时封岳飞为统制，等立了功再加升赏。岳飞谢恩，高宗又将在宫中亲手画的五幅画像取出来让岳飞看，道：“这是金国粘罕弟兄五人的画像，他日倘若相逢，不可放过！”岳飞领旨。高宗又道：“如今大元帅张所掌握天下兵权，你可到他营前效用。”岳飞谢恩，辞别了圣上来到帅府。

张所见了岳飞，好生欢喜，次日，令岳飞挑选兵马，充作先行。岳飞领令，就去挑选。选来选去，只选出八百人。元帅又让岳飞到自己的亲随中去选，选了半天也没有岳飞中意的，元帅只好令岳飞领八百兵，作第一队先行。于是再问：“哪一位将军，敢为二队救应？”连问了几声，无人答应。元帅便点名叫山东节度使刘豫，刘豫答应一声，元帅道：“你为第二队先行。本帅亲率大军，随后就到。”刘豫只得勉强领令，

这一处侧面描写突出表现了岳飞的眼光，几万人的队伍，岳飞只选出八百余人，足见他能够识别真假勇士，正因为这八百人都是精英，所以才会有下面大破金兵的情节。【侧面描写】

先去整顿人马。

第二天，张所率领岳飞、刘豫入朝来辞驾，恰好巡城的将士来报："有强盗来抢仪凤门，指名要岳飞出阵。"高宗一听，传旨让岳飞出阵。岳飞领旨，带领八百兵出城，来到阵前，大喝一声："哪里来的毛贼？快快来见岳飞！"话音未落，只见对面跑出一匹马，马上坐着一人，手舞狼牙棒，来到阵前大叫一声："岳大哥！小弟特来寻你。"

岳飞一看，原来是吉青。吉青束手就擒，岳飞就押着他进城来，上殿见驾。高宗命推上殿来。不多时，御林军将吉青推上金阶。吉青大叫："我不是强盗，是岳飞的义弟吉青，特来寻他为国出力的！"高宗见他像个英雄，便问岳飞："果真是你的义弟么？"岳飞点头，把与吉青结拜的过程禀明圣上，高宗就传旨封吉青为副都统，在岳飞营前效用，他日有功，再加升赏。

这两段分别叙述了大宋的准备情况和金国的准备情况，岳飞的八百兵士与兀术的成千上万金兵产生对比，为岳飞迎战兀术设下悬念。【多变的表现方法】

吉青谢恩，岳飞引他见了张所元帅。元帅命令岳飞领兵先往鬼愁关去，刘豫领本部兵马五千为第二队。元帅自领大兵十万在后，准备迎敌。

再说兀术听闻康王在金陵即位，张所为天下大元帅，聚兵抗金，不觉大怒，即令金牙忽、银牙忽二个元帅，各领兵五千为先锋。又请大王子粘罕，同元帅铜先文郎，领兵十万，杀奔金陵而来。

岳飞和吉青，带领了八百兵一路前行，来到八盘山。岳飞四下一看，对吉青道：“真是一座好山！山势甚是曲折，易守难攻，若得兀术到此，我兵虽少，也可以成功。”正说话间，探军来报道：“有番兵前队已到此地了。”岳飞令众兵将用强弓硬弩，在两旁埋伏。命吉青前去引战，说：“贤弟，此去只许败不许胜，引他进山来，我在此接应。”

吉青听令，带了五十人马，前去迎敌。番兵见吉青只有几十人，纷纷大笑。吉青纵马上前，轮起棒来便打，金牙忽举刀招架。战了两三个回合，吉青暗想：“大哥原叫我败进山去的。”就把狼牙棒虚晃一晃，回马就走。

两员番将不知是计，带领番兵随后赶来，两边埋伏的宋兵一齐发箭，把番兵截住大半，首尾不能相顾。金牙忽急忙转身寻路，忽听一声大喝，“番贼哪里走，岳飞在此！”说着，岳飞摆动沥泉枪，迎着金牙忽厮杀起来。

银牙忽上前帮助，吉青回马转来敌住。两军呐喊，那山谷应声，好似有千军万马。金牙忽心中着忙，被岳飞一枪刺中心窝，翻身落马。银牙忽吓了一跳，被吉青一棒，把天灵盖打得粉碎。八百兵一齐动手，杀死番兵三千余人，金兵四散逃回报信。

> 简单的几句话，不仅表现出岳飞和吉青的武艺高强，也描述出岳飞挑选的八百精兵的战斗实力，用语十分准确凝练。【用语精练】

岳飞首战告捷，取了两个番将首级，命吉青送到刘豫军前，转送大营去报功。刘豫想道：“岳飞好本事！初来就得此大功，一路去不知还有多少功劳。”心生妒意，便将首功记到自己身上，报给元帅知道。元帅哪里晓得，就记了刘豫第一功，刘豫暗暗欢喜，却不知元帅早已生疑。

张元帅帐下的一位中军官胡先看出元帅的疑惑，就上前禀道：“刘豫带领第二队倒先立功，令人生疑，我愿扮成兽医，前往打探真假。”张所觉得有理，就派胡先去了。胡先混过了刘豫的营盘，先到了八盘山，只见有许多金兵的尸首。他又一直前行来到青龙山，爬到一棵树上四下观瞧，只见漫山遍野都是金兵，从四面八方赶来。胡先心中暗暗着急，暗想：岳飞只有八百人，如何应对这许多金兵？

> 这一段交代了张元帅的部署，也揭穿了刘豫冒领功勋的行为，为下一步刘豫的行为打下了伏笔。【写作手法多变】

再说岳飞领兵前行来至青龙山，观察一番后吩咐兵士扎营，对吉青道：“这座山，比八盘山更好。等金兵到来，可以杀他一个片甲不留。你去见刘豫元帅，借口袋四百个、火药一百担、挠钩二百杆、火箭火炮等物，我自有安排。”吉青领令去取来，岳飞收了，一边安排水陆埋伏，一边又令吉青领二百人马，埋伏在山后。岳飞特意嘱咐道：“你若遇见一个面如黄土、骑黄膘马、用流星锤的，就是粘罕，必须擒住！若放走了，必军法处置。”吉青领令而去。岳飞自带二百兵，在山顶专等金兵到来。

> 这一处语言描写鲜明地表现了岳飞的雄心壮志，也不经意的埋下了“险捉粘罕”的伏笔，让读者期待吉青捉粘罕的经过，在叙事方法上十分引人入胜。【叙事模式多样】

粘罕带领十万人马，途遇退败的金兵说：“宋兵杀了两个元帅，死伤者不知其数。”粘罕大怒，催动大兵下来。有探军报道：“前面山顶上有南蛮扎营，请令定夺。”粘罕道：“今天色已晚，且扎营住着，明日再开兵。”

青龙山上，岳飞见粘罕安营，不来抢山，便叫二百兵守住山头，自己拍马下山，来引金兵上山。岳飞一马冲入番营，高叫：“宋将岳飞来也！”逢人便挑，遇马便刺，如入无人之境。有人报给主帅，粘罕大怒，上马提锤，率领众将将岳飞围住。岳飞又杀了一阵，把沥泉枪一摆，喝道：“进得来，出得去，才是好汉！”两腿把马一夹，冲出番营而去！

粘罕大怒道：“一个南蛮拿不住，如何进得中原？必要踏平此山，方解我恨！”于是呐喊着追来。岳飞暗喜，连忙上山。胡先看在眼里，正在着急，忽听一声炮响，山摇地动，两边埋伏的宋兵，火炮火箭打下来，延着枯草，火药发作。一霎时，烈焰腾空，烟雾乱滚，烧的金兵人撞马，马撞人，各自逃生。

铜先文郎等人保着粘罕，从小路逃生。见一山涧阻路，粘罕探得水不深，就吩咐三军渡水过去。众军士依言，尽向溪水中走去，也有许多向溪边吃水。粘罕催动人马渡溪，但见满溪涧尽是番兵。忽听得一声响亮，溪水像从天而降一般，把金兵冲得到处都是，死伤无数。粘罕跟了铜先文郎，四处乱撞，找不到出路。好不容易发现一条夹山道，也不顾是否安全，同众兵将一齐从夹山道而行。走不多久，山上宋军听得下边人马走动，一齐把石块打下来，打得金兵头开脑裂，尸体堆积如山。

这里的叙述妙趣横生，用粘罕自己的话来印证岳飞的用兵如神。短时间内就让粘罕对岳飞刮目相看，足见岳飞的战场谋略十分厉害。【语言描写】

铜先文郎保着粘罕，拼命逃出，眼前是一条大路。这时已是五更时分了，天色昏黑，粘罕出了夹山道，得了性命，不觉仰天大笑。铜先文郎道："狼主因何发笑？"粘罕道："我笑那岳南蛮虽会用兵，还是平常。若在此处埋伏一支人马，本王插翅也难飞了！"

话没说完，只听得一声炮响，霎时火把照耀如同白日。火光中，一员宋将手舞狼牙棒，跃马高叫："吉青在此，快快下马受死！"粘罕料想不到岳飞如此厉害，对铜先文郎道："岳南蛮果然厉害，本王今日必死无疑了！"

铜先文郎道："如今事急，臣有一个金蝉脱壳之计。"粘罕道："到了这步田地，还有何计？"铜先文郎道："臣愿与狼主换了衣甲战马，一起冲出去，那吉南蛮必然认臣是狼主，与臣交战，主公便可趁机逃生了。"粘罕道："只是难为你一片忠心！"忙忙地将衣甲马匹调换了，一齐冲出。

吉青本不认得粘罕，看见铜先文郎这般打扮，认作是粘罕，便举起狼牙棒打来。铜先文郎提锤招架，战不上几个回合，早被吉青一把抓住，生擒活捉去了。粘罕带领败兵，拼命夺路而逃。这时吉青追赶了一程，又杀了一些金兵，提着铜先文郎回来报功。

那胡先在树顶上蹲了一夜，看得明白，暗暗称赞不绝，慢慢地爬下树来，自回营中，报告张元帅去了。

岳飞在山上等到天明，各处埋伏的兵丁俱来报功，岳飞命令将士打扫战场。只见吉青押解着粘罕回营缴令，岳飞命推上来，众军士将铜先文郎推将上来，岳飞一看，拍案大怒："将吉青绑去砍了！"。

吉青大叫："冤枉！"岳飞道："你中了他金蝉脱壳之计。"然后向铜先文郎道："你是何人，敢假装粘罕？"铜先文郎暗暗佩服，便道："我乃金国大元帅铜先文郎。"岳飞道："吉青，你听见么？"吉青道："我见他这般打扮，只道是粘罕，既然抓错了，就请大哥将我与他一同杀了吧。"众人都跪下求情。岳飞道："今日初犯，恕你一次。日后再误事，决不容情！"吉青谢了起来。岳飞命他押解着番将回大营报功。

吉青领令，先来到刘豫营前。刘豫闻报，命人引吉青进见。他见岳飞又立了大功，心中嫉妒，就想索性占了岳飞功劳，便假意道："吉将军，为防金兵再来，你回营助岳将军。我差人代你送往元帅处，你先回去犒赏三军吧。"吉青不知是计，便谢了刘豫。刘豫吩咐家将，准备酒肉等物，让吉青带回营去，犒赏三军。

·品读与欣赏·

这一章主要写岳飞领兵抗金，连连告捷的胜利战事。表面上看岳飞打仗是靠一种谋略，一种不以力敌，只以智取的策略。实际上岳飞每到一处，都先观察地形，然后才安排好计策，有几分把握打几分仗，一点都不马虎。这几场战役的描写令人读了大觉扬眉吐气，一扫之前几章连连战败，不停退让的局面，给气势汹汹的金兵迎头痛击，但觉得痛快时又有一些小问题令人烦恼，就是刘豫的几番嫉妒冒功，文章结尾时刘豫又一次决定冒领岳飞的功劳，留下了一个悬念，吸引着读者继续阅读。

·学习与借鉴·

1.内容充实：这一章的主题是“岳飞连胜金兵，吉青险捉粘罕”，全文围绕着这个主题进行了充分的描述。八盘山小胜番将，青龙山大破金兵，差一点就捉到粘罕，以一种递进的方式写得翔实而引人入胜。吉青的诈败引路突出他的机智勇敢，岳飞的独闯番营表现他的武艺超群，连胜金兵和险捉粘罕的前因后果都详细地写出来，这些丰富而充实的内容为文章增添了魅力和光彩。

2.描写精彩：这一章中描述了几场战役，各有特色，各不相同，但都十分精彩。岳飞擒拿吉青，不费吹灰之力收了一员大将；八盘山一战派吉青去诈败引路并最终取得埋伏战的胜利，这是收吉青情节的延续。最重要的打败粘罕的青龙山之战是文章的重点，作者通过岳飞的战前布置，各路将领和士兵的布置安排，还有粘罕不上山时岳飞单枪匹马去引他入圈套，这些丝丝入扣的情节描写十分生动地展现了这场以少胜多的战役，精彩绝伦。

第十三章 冒功获罪刘豫降金 假传圣旨陷害忠良

刘豫将铜先文郎囚在后营，押解来的物件都留下，叫来手下旗牌官嘱咐他到大营报功，说："见了元帅，你就说番兵杀来，本将军将他们杀得大败，擒了一个番将。如元帅有话问，你要灵活应答。"旗牌官领命去了。

到阵前探看的胡先早回到了大营，见了元帅，胡中军将在青龙山所见之事细细禀知。元帅点头，心中暗暗思量。第二天，元帅升帐，有传宣官上来道："二队先锋刘节度差旗牌来报功，在营门外等候。"元帅命他进来，见文书上又冒领了岳飞之功，便赏了来人，让他回营候旨。旗牌叩谢，回刘豫大营去了。

元帅打发了旗牌，便向众将说明了刘豫冒领军功之事，想派人去捉拿他。胡先道："若去拿他，恐怕他生事，不如差人去传元帅之令，请他来议事，然后再将此事问明，他也无话可说。"元帅应允，就派中军去传刘豫，中军得令，出营上马往刘营来。

不料元帅帐下的两淮节度使曹荣，与刘豫是儿女亲家。他见元帅要捉拿刘豫，就悄悄差人给刘豫报信。刘豫得知，大惊失色，他想了一会儿，走到后营，将铜先文郎放了，道：“我国气数已尽，我想放了元帅，元帅可否带我同投金国？”铜先文郎立即答应，并保证给他加官进爵。刘豫大喜，吩咐整备酒饭，传令收拾人马粮草。一切准备好后，他召集众将，说道：“新君年幼无知，张所赏罚不明。今大金狼主重贤爱才，本帅已投了金国，你们可与我同去，共图富贵。”话未说完，众将士尽皆摇头，哄的一声，走个干干净净。刘豫无奈，看看只剩几名亲随家将，只好带了这几人上马。

走了一会儿，后面一人骑马飞奔赶来，叫道：“刘豫何往？”刘豫回头看是中军，便问：“你来做什么？”中军道：“元帅有令箭在此，请老爷速往大营议事。”刘豫笑道：“我早知是计了，我已降金，你回去报给张所知道。”中军不敢做声，回转马头就走，赶回大营，报与张元帅。

张元帅修本，正要进京启奏，忽报圣旨下。张所接旨宣读，原来是命他防守黄河，加封岳飞为都统制。张所谢恩，将所写本章交给钦差带进京去。命岳飞领军前行，同守黄河。

那粘罕在青龙山被岳飞杀败，领了残兵，回到河间府来见兀术。兀术道：“王兄有十万人马，怎样反败于宋兵之手？”粘罕道：“有个岳南蛮，叫做岳飞，真个厉害！”就把交战之事细细说了一遍。兀术听了大怒道：“王兄放心，待我亲自起兵，拿住岳飞，与王兄报仇！”

正在此时，有人来报：“铜先文郎候令。”兀术道：“王兄说他被南蛮拿去，怎么回来了？”就让他进来。铜先文郎带着刘豫来到金营，让刘豫在帐外等候，自己先去通报。他进了大营，来到兀术面前叩头。兀术道：“你被南蛮拿去，怎生逃得回来？”铜先文郎将刘豫投降之事，说了一遍。兀术最恨奸臣，就要杀刘豫，哈迷蚩在一旁道：“不可如此！且封他王位，安放在此，日后自有用处。”兀术听了，就封刘豫为鲁王，镇守山东。刘豫谢恩去了。

再说张元帅兵至黄河，就分拨众节度各处坚守。岳飞同着吉青，向北扎下营寨守住。张元帅自领大兵攻取汴京。张邦昌闻说张元帅来攻汴京，心生一计，到宫中见了太后，骗了玉玺，到家中收拾金珠，保了家小往金陵去了。

张元帅兵至汴梁，守城军士开城迎接。张所进城见了太后，太后就将张邦昌骗去玉玺、带了家眷不知去向告诉了张所。张所命人四处搜寻，然后辞驾出宫，派兵守住汴梁。

张邦昌到了金陵，献了玉玺，李纲上奏让高宗疏远他，封个闲差，让他无权，高宗就封他做了右丞相。张邦昌见无法专权，回至家中，正无计可使，见侍女荷香送茶进来，邦昌见她颇有姿色，便想：“不如将她送进宫中。”

第二天，张邦昌就把荷香带到宫中。高宗乃少年天子，一见荷香，十分高兴，立刻传旨命太监送进宫去。邦昌趁机奏道：“望主公召岳飞回朝，拜帅扫北。”高宗传旨，就命邦昌发诏去召岳飞。

哪知张邦昌将旨意放在家中，过了些时日却来复旨，说岳飞不肯应诏。高宗道：“他不来也罢了。”虽如此说，心中已有不满。

李纲见张邦昌又来误国，心中十分烦忧，怕他用奸计害岳飞，就派了家将张保到岳飞营中听用，保护岳飞。张保原本不肯离开太师府，但太师有命，只好到黄河边寻岳飞。到了岳飞营中，见岳飞真是个忠义之人，就真心在岳飞身边服侍，自此在营中住下了。

又过了几日，张邦昌假传一道圣旨，召岳飞回京。岳飞吩咐吉青道："兄弟，我奉旨回京，恐黄河有失，有一句要紧话说，不知贤弟肯依我么？"吉青道："大哥吩咐便是。"岳飞就劝吉青戒了酒，又再三叮嘱了一番，带了张保，一路朝京都而来。

半路上，岳飞和张保结识了一位绿林好汉王横，两方不打不相识，表明身份后，王横敬佩岳飞是个英雄，立即安顿了家眷，收拾了细软，拜投在岳飞身边，岳飞戏言他二人是"马前张保，马后王横"。三人欢欢喜喜地结伴而行，不一日来到金陵，不想先遇到了张邦昌。

天色已晚，岳飞不想上朝，但张邦昌让岳飞随自己上朝。到了分宫楼下，邦昌让岳飞稍待，自己进去禀报。此时荷香正在宫中与圣上夜宴，有太监传知此消息。荷香看皇帝已有几分酒意，就假说要夜赏宫廷，将皇帝引到分宫楼。岳飞见宫灯引路，立即俯身接驾。

张邦昌已交代过，太监一见，都喊道："有刺客！"高宗吃惊，立即回宫，问道："刺客是什么人？"内监道："乃是岳飞。"荷香在旁道："若是岳飞，应该处斩。上次宣召进京，他违旨不来。今日无故私进京城，直入深宫，圣上速将他处斩，以正国法。"

高宗酒醉未醒，听了荷香的话，当即传旨将岳飞斩首。

张保、王横本在门外等候，见岳飞被绑了出来，急忙上前询问，岳飞道:“我也不知道何故啊！”张保道:“王兄弟，你在这里等着，不许他动手，我去去就来！”提着浑铁棍就走，一路来到李纲的太师府门，一棍就打进去了。张保常在府中出入，知道太师常在书房安歇，他一脚将书房门踢倒，闯进去，掀起帐子，拉起李纲背了就走，边跑边说：“不好了！岳飞被绑在午门，要杀头了！”

· 品读与欣赏 ·

这一章暂时放下了岳飞抗金的战场，转而写军中锄奸和朝中出奸两件事。刘豫是上一章埋下的伏笔，他冒领功劳之后的下场是读者想知道的情节，那么文章开篇顺理成章地交代了他的故事，并引出了另一个奸臣曹荣，为以后的情节埋下了又一个伏笔。粘罕逃回兀术营中，张所和岳飞镇守黄河，就触动了另一个奸臣张邦昌。他骗了玉玺，到高宗面前巧言令色，又献上美女荷香，取得了高宗的信任，就开始兴风作浪，用奸计把岳飞骗入京城，寻罪杀头。幸好丞相李纲派了张保到岳飞身边，危急时刻，张保闯进太师府报告丞相救岳飞性命。这一章的叙述时急时缓，十分精彩。

· 学习与借鉴 ·

1.情节紧凑：本章从叛臣刘豫写到奸臣张邦昌，详略得当，内容具体，激起读者要往下读的兴趣。看刘豫叛国的过程，让人为宋军担心，看张邦昌谋害岳飞的过程，又让人十分愤恨。文章从刘豫叛国写到张所进兵汴梁，直接导致张邦昌骗出玉玺到金陵谄媚，并设了一系列奸计暗害岳飞。这些情节关联紧密、丝丝入扣，把读者带到两国交战之时的后方，展示大宋朝廷的昏庸软弱，引起读者的深入思考。

2.人物立体：本文刻画人物的手法十分丰富。写刘豫，就从他的语言、行动和心理等方面入手，成功塑造了一个贪享富贵、投敌叛国、寡廉鲜耻的叛臣形象。写张保，就重点集中在他的思维活动上，从不愿离开相府，到对岳飞充满怀疑，再到对岳飞心悦诚服，甘心留在马前保护，这种转变刻画得十分细腻。写张邦昌就又换了一种笔墨，平铺直叙地叙述他设下奸计的一系列行为，让读者自己从中看到他的奸猾性格。

第十四章 李纲进言保岳飞 曹荣降金献黄河

李纲被张保背着飞跑，头昏眼晕。到了午门，李纲一见岳飞，高声问道：“你怎么来了？”岳飞连忙将来龙去脉说给太师听。李纲听了吩咐说：“谁也不许动岳飞一下，等我去面见圣上。”说完急匆匆进宫来。

张邦昌早已知道李纲到了，他怕李纲识破自己的奸计，就暗暗把一个钉板摆在东华门内进宫必走的路上。李纲急匆匆的，没有提防，一脚正踏在钉板上，痛得他倒在地上，满脚鲜血。张保见了，大叫：“谁放的钉板？太师被钉板扎伤了！”众大臣听见，都连忙上前抢救。

这一处叙述让读者更清楚地看清了张邦昌狠毒的心肠，李纲是他的眼中钉，与他相比，李纲急于救下岳飞，不顾自身安危的忠心也得到了很好的反衬。【对比修辞】

早有内监报告了高宗，高宗随即升殿。见李太师满脚是血，立刻宣太医治疗。李纲忍痛奏请暂押岳飞，待查明真相再定罪。高宗准奏，传旨将岳飞下狱。

李纲回到府中，叫来刑部大堂的沙丙，吩咐道：“岳飞必有冤枉，你替他上一本，说他有病，好好看待。等我伤好了，自有处置。”沙丙依言而行，第二天，果然上了一本，暂时保住了岳飞。

为了尽快还岳飞清白，李纲写了一张冤单，叫人刻印了几千张，分头去贴，一时间大街小巷都知道张邦昌陷害忠良。消息一路传到太行山。这日正值牛皋生日，岳飞的结义兄弟施全、周青、赵云、梁兴、汤怀、张显、王贵七个，都备了礼来祝寿。只有跟了岳飞的吉青没到，牛皋十分不快，汤怀等也闷闷不乐。

汤怀气闷，站起身来闲走，从戏子口中听说了岳飞被陷害，又看了冤单，急匆匆地回来报给众兄弟。牛皋一听，立刻传令，聚集各山兵马足有八万多人，下山直奔金陵，在凤台门外五里，扎下营盘。

汤怀比较稳重，遇事先从道理上说明，牛皋相比较来说就莽撞易怒，正是因为他的易怒，才使张俊回朝禀告要斩岳飞，间接推动了情节的发展。【人物刻画】

守城官兵慌忙报上，高宗立刻下旨，命后军都督张俊带三千人马去退敌。张俊来到阵前，汤怀对张俊说道：“我们不是反贼！你去把岳飞送出来，便饶你了。”张俊不听，牛皋大怒，一阵乱打把张俊杀败了。牛皋也不追赶，让他回去报信。

张俊逃回，进朝上奏皇上，要先杀岳飞，以绝后患。高宗主意未定，就问太师，李纲奏道：“就让岳飞去退敌。”张邦昌急忙阻止，坚持要杀岳飞，李纲、宗泽一同奏道：“臣等保举岳飞，若岳飞真是反叛，就把臣满门斩首。”高宗道：“你们既然保证，定然可以。”就传旨命岳飞去退贼。

岳飞领旨，正要往下走，李纲突然喝道：“岳飞跪下！”岳飞只得跪下。李纲道：“圣上看你是个人才，特命徐仁召你到京，让你保守黄河。你怎敢暗自进京？私进京城是死罪，你不会不知道吧？今日皇上要治你的罪，你有什么话说？”

岳飞道：“冤枉！有圣上旨意召我进京，现在还供在营中，守黄河的将官都亲眼所见。我到京时，在城外巧遇张丞相，张丞相令我即刻觐见，不想在宫中惊了圣驾，岳飞字字是真，望圣上作主。”

张邦昌忙道：“这岳飞要报武场之仇，将我牵扯在内，求圣上作主！”李纲道：“既如此，圣上可查问那日值殿内监，问他就明白了。”众大臣听了也纷纷要求查明。高宗闻言，就找来当日值夜的吴明、方茂，问那一晚之事。

吴明、方茂道：“那晚确实见张丞相引一人进宫。”高宗大怒，明白是张邦昌陷害忠良，大骂道：“险些害了岳将军性命！”立刻降旨将张邦昌降为平民，限他四个时辰内出京。

真相已明，但圣上没有杀掉奸臣张邦昌，只是贬他为民，让他走得远远的，这才为后面高宗出逃时张邦昌再出现加害圣上埋下伏笔。【埋下伏笔】

高宗好言安慰岳飞，命他领兵一千，出城退贼。岳飞披挂上马，带着张保、王横挑选了一千人马，出城来到阵前。汤怀、牛皋等看见了，齐声叫道：“岳大哥来了！”都下马问候：“大哥一向可好？”岳飞怒道：“还不快快受降？”众人道：“我们自己绑了，凭大哥发落！”随即都投降了。

探军早已报到朝中，不多时，岳飞来到午门，进朝上殿，奏道："贼人都绑在午门外候旨。"高宗道："将那些贼人推上殿来，朕要亲自观看。"御林军将八人推到殿上，汤怀奏道："小人等并非反叛，而是岳飞的结义兄弟，只因听闻张邦昌陷害忠良，故此兴兵前来相救。今见岳飞无事，小人等俯首就擒。愿圣上赐还岳飞官职，小人等情愿斩首，以全大义。"

高宗闻奏，不停地点头，道："真是忠义之士！"就传旨将他们都放了，都封为副总制，在岳飞帐前效力。又封岳飞为副元帅，众人谢恩而退。回去后整顿人马，调兵十万，由岳飞带领，一路朝黄河北岸进发。

再说刘豫，自从降金后官封鲁王，十分威风，他为了得到兀术的嘉奖，见兀术为渡黄河犯难，就向兀术献计，说自己有办法能渡过黄河。原来两淮节度使曹荣驻守在黄河北岸，他与刘豫是儿女亲家，刘豫降金就是他通风报信的结果。

刘豫亲自来见曹荣，把自己在金国如何荣显都说给曹荣听，并劝曹荣一起降金。曹荣想了想，说："趁张所在汴梁、岳飞进京未回，我明晚就献黄河，作为降金的见面礼。"二人商议已定，刘豫返回金营，回报兀术。兀术立刻吩咐军师准备明晚渡河。

这一段写曹荣献黄河，用语十分精练。"跪接""千恩万谢"等，把曹荣卖国求荣的奴颜婢膝表现得十分到位，也让读者为宋军接下来的处境担忧，这些情节都紧紧吸引着读者的目光。【用词准确】

第二日，曹荣在北岸接应，兀术率军登船渡河。曹荣跪接兀术，兀术封他做了赵王，曹荣千恩万谢。其他守军见金兵已经过江，都吓得四散奔逃。

话说吉青自从岳飞进京之后，果然几日不喝酒。兀术过河后，派了几个细作来吉青营中打探，被吉青抓住，押到大营。元帅大喜，赏了十坛酒，吉青就破了酒戒，喝得大醉。军士突然进来报金兵已过河冲过营来了。

吉青大醉，一路迎来，正撞着兀术。他上前大骂兀术，兀术大怒提马上前，就是一斧。吉青举棒来架，震得两臂酸麻，把头一低，头盔已经削下了。吉青回马就走，手下的八百兵马也跟着逃走，兀术余怒未消，一路拍马追了下来。一连转了几个弯，都不见吉青。正要回去，吉青又跳出来大骂，兀术大怒，就又追了上来。如此几次，兀术一人一马，东转西转，寻路出来，天已大亮了。他急急前行，正遇着来找他的番兵，一起回营去了。

再说元帅岳飞，领兵十万，来到爱华山。他朝拜了皇陵，四下巡视，发现此山陡峭异常，最适宜埋伏，就想把金兵引到此地。回到营中，正思量间，忽有人报吉青求见。岳飞大惊，知道黄河已经失守了。

岳飞向吉青问明情由，让他与众兄弟相见了，命吉青将功折罪，去引兀术到爱华山来，吉青领令，也不带兵卒，独自一人出营上马，去找兀术。

· 品读与欣赏 ·

李纲和曹荣，一个忠一个奸，在本文中对比强烈。在这一章中，忠臣李纲踩钉板身受重伤，岳飞受冤屈被囚在狱中；而奸臣张邦昌、曹荣、刘豫等人，一个个意气风发，加官进爵。这样的对比让人读来心中十分不平，但作者做这样的处理自有他的目的。这几个奸臣叛国降金，最终都将死在金人手中，这样日后这些奸臣遭到报应时才会让人大快人心。

· 学习与借鉴 ·

1.前后照应：文章一开始就接续岳飞被害的前文，把张邦昌加害岳飞的过程借李纲之计、岳飞之口展现在高宗面前。岳飞得救之后，又写刘豫献计过黄河的事情，照应了前文刘豫降金时帮过忙的曹荣，在这里再一次出场了。兀术过了黄河之后，吉青的大醉迎敌又照应了岳飞进京前的戒酒嘱咐，使文章前后相连，结构严整。

2.人物刻画：在这一章中，刻画了三个奸臣的形象，虽然都是奸臣却各有不同。张邦昌奸计多端，善于迎合高宗的喜好，也善于推卸责任。刘豫和曹荣则不然，他们是滥用手中的权力，既贪恋富贵又不想受苦，对于他们降金是最好的选择。读者在看他们时心中觉得可悲可叹又非常厌恶。

第十五章 爱华山金兵大败 黄河口兀术遇险

吉青走后，岳飞开始排兵布阵：张显、汤怀在东山埋伏，听号令行事；王贵、牛皋在北山埋伏，负责截断兀术的归路，依计而行；周青、赵云在西山埋伏，炮响为号，阻住兀术去路；施全、梁兴在正南埋伏，阻住兀术去路。又分拨军兵五千，守住粮草。岳飞自领一支人马，同张保、王横守住中央，专等兀术到来。

吉青出了营，直往大路上走去。忽听前边马嘶人喊，越来越近，抬头一看，正是兀术。吉青大喜，赶上前来，大叫："兀术，快拿头来！"说着大骂起来。兀术大怒，抡斧就砍，吉青使棒相迎。战了几个回合，吉青败走。兀术追赶二十余里，勒住马不赶了。

吉青见他不赶，又转回马来叫道："我虽打不过你，但我前面埋伏了人马，谅你也不敢追来！"兀术大怒道："你不说有埋伏，我倒饶了你；你说有埋伏，我偏要赶你。"说着拍马赶来。

吉青在前，兀术在后，一直追至爱华山。吉青将马转进谷口去，哈迷蚩恐怕有埋伏，就劝兀术不要进山。兀术道："这是那南蛮怕我追赶，故意吓我。这是上金陵的大路，你回去催大队上来，我先进山去捉那南蛮。”说完带领众军，追进谷口，只见吉青在前边叫道：“来，来，来！我与你战三百回合。”说罢，往后山去了。

兀术细看那山，中央阔，四面都被小山包住，没有出路，大惊道：“我已进谷口，若被南蛮截住归路，如何是好！”正欲转马出去，只听得一声炮响，呐喊声四起，大叫：“别让金兀术跑了！”吓得兀术魂不附体！

只见正前方一员大将，正是岳飞。马前站的是张保，手执浑铁棍；马后跟的是王横，拿着熟铜棍。三人迎风而立，真是威风凛凛，杀气腾腾！

兀术见了，心中十分着急，硬着胆问道：“你这南蛮姓甚名谁？报上名来！”岳飞道：“我乃岳飞，我认得你就是金兀术，仗着兵多，屡犯我大宋边疆，还不下马受死！”兀术道：“原来你就是岳飞。我正要找你给我王兄报仇，你不要走，吃我一斧！”拍马摇斧，直奔岳飞，岳飞挺枪迎战。两人杀做一团，输赢未定。

哈迷蚩飞马回报大营，恰逢几位王子带领着各路元帅和三十万人马，正跟寻下来。哈迷蚩将吉青引战，兀术已杀入爱华山之事说明，粘罕等催马朝爱华山赶来。刚到爱华山前，山上牛皋望见了，便与王贵商量要杀下山去，多杀几个番将。王贵道：“说得有理。”二人就叫军士把阻路的石车推开，领着二万人马，下山迎敌。

再说岳飞与兀术交战到七八十个回合，兀术招架不住，被岳飞一枪，正中肩膀。兀术大叫一声，负伤往谷口败逃，见路就走。正值王贵、牛皋下山去了，此处无人挡阻，兀术一路逃下山去了。元帅查问清楚，明白了牛皋、王贵下山的理由，就传令众弟兄领兵下山接战。一声炮响，岳飞带领人马，蜂拥着杀入番阵。

这场大战，杀得金兵大败而回，往西北逃去。岳飞在后急急追赶，直杀得尸横遍野，血流成河。岳飞率军赶了二三十里，正遇两座山，紧紧相对。左边的叫做麒麟山，山上有一位大王，叫做张国祥；右边的唤做狮子山，山上也有一位大王，姓董名芳。二人都是名将之后，这天刚约定了下山喝酒，忽见喽罗来报道："前面有许多番兵败逃而来。"

张国祥道："不如我们去冲杀一番，抢些物件以备山寨之用。"董芳道："哥哥好主意！"就叫众喽罗埋伏下来，番兵一到，呼啦啦跳出来阻住去路。番兵吓得魂飞天外，后边人马追来，前面又有人马挡住，岂不是死？只得拼命夺路而走，慌乱间被众喽罗杀死无数。

但番兵众多，截不住的只好让他逃走。等过了大半，只剩下三千来骑人马，张国祥和董芳杀了出来，杀得那些番兵番将四散逃生。

正杀得热闹，后边王贵、牛皋、梁兴、吉青四人追到了。两方互不认识，都以为对方是敌人，立时厮杀起来，这一来放走了许多番将。不一会儿，岳飞大兵赶到，见两员大将与牛皋等人厮杀，便大叫："住手！"两边听见，都收住了兵器。

岳飞问道："你们是什么人？为何阻拦本帅的将军，放走番兵？"张国祥、董芳见了岳元帅旗号，晓得认错了，忙跳下马来，跪在马前禀明情况，岳飞便下马来，用手相扶，说道："此刻本帅要追赶兀术，不得工夫和你们详谈。你二位可回山寨收拾了，到黄河口营中来相会。"二人大喜，别了众将，各自上山收拾人马粮草。

岳元帅大兵急急追赶，兀术仓皇之中跑到了黄河边，河上并无船只可渡，后边岳军又呐喊追来。兀术急道："天要亡我！"正在危急之际，哈迷蚩看到了刘豫的战船，急招船过来救主。原来金兵南进，让刘豫与曹荣守着黄河，被张所杀败，逃到此处，正遇着兀术。

大船遇逆风，不及上前，后面追兵已赶到了，兀术十分惊慌，从芦苇荡里寻了一只小船，慌慌张张牵马上船，对那渔翁说："快走！"渔翁把橹慢慢地摇开，转眼离岸几里了。兀术回头看时，只见刘豫的战船刚到岸边，金兵金将抢着上船逃命，四五十支大船都装得满满的。争抢中跌下水去淹死的，不计其数。有一支装得太重，才至河心，一阵风，骨碌碌地沉了！岸上无船可渡的番兵，尽被追来的宋兵杀死，尸首堆积如山。

兀术见了，正在悲伤，只听岸上宋将高声大叫："那渔户，你把金贼救到哪儿去？快快摇回来！"渔翁道："这是我发财的主人，怎么能送给你们？"岳飞道："听声音那渔人是中原人，告诉他捉拿番将自有千金赏赐，万户侯封。"张保、王横依言大喊。

兀术急道："我是金国四太子兀术，你若救了我，就封你个王位，决不失信。"渔翁道："好是好，只有一件事不成。我是中原人，全家都在中原，怎到金国去享富贵？"兀术道："既然这样，我多送些金银谢你！"渔翁道："好是好，只怕你还不知我是谁。"兀术道："你告诉我，我好报答你。"渔翁道："我就是大名鼎鼎的短命二郎阮小二的儿子，名唤阮良。你想，大兵在此，不去躲起来，反来救你，哪有这样的渔人？我是要拿你去新君面前做个礼物。"兀术听了大怒，提起金雀斧，望阮良头上砍来。阮良一个翻筋斗下水去了。那只船，却在水面上滴溜溜地转，并不前行。

兀术本来是北国人，不会乘船，又不识水性，正不知该怎么办，阮良却在船底下双手推着，把船往南岸送。兀术慌了神，大叫："军师救我！"哈迷蚩看见，忙让小船靠过去救兀术。

阮良听到有船来救，透出水面，顺势把船翻过来，把兀术翻入河中。阮良连人带斧两手抱住，往南岸游来。岳飞在岸看见了，心中大喜，举手向天道："真乃朝廷之洪福！"众将无不欢喜，军兵个个雀跃。

哪知阮良快到南岸时，兀术醒了，他怒睁二目，看着阮良，大吼一声。一条金色火龙，往阮良脸上扑来。阮良慌得抛了兀术，往水下一钻。这边番兵驾着小船赶到，救起兀术，又捞了马，同上大船，过河直抵北岸。众将上岸，回至河间府，派兵守住黄河口。兀术叹道："我自进中原，从未有如此大败，这岳南蛮果然厉害！"急忙再调兵马来与岳飞决战。

· 品读与欣赏 ·

岳飞大战爱华山是《岳飞传》中的名篇，这一章是岳飞首次与金兀术正面交战，金军被岳飞杀得大败，弃尸满野，兀术狼狈而逃，险些被俘。爱华山一战，岳飞不仅打出了谋略，也打出了宋军的气势。岳飞带兵纪律严明、身先士卒、爱兵如子。在对待绿林豪杰的态度上，岳飞也十分亲和，一路追赶就收降了多员大将，为日后抗金战争的胜利做好了准备。在这一章中，岳飞和众位兄弟的英勇无畏是最突出的亮点，也给了金兀术迎头痛击，令人读来心情舒畅。

· 学习与借鉴 ·

1.情节曲折：这一章主要描写了爱华山大战和战后追击兀术溃军的故事。吉青引兀术进入包围圈，若以岳飞的安排，兀术必然插翅难飞，但偏有牛皋、王贵不耐等待，自己杀下山去了，兀术才得了缺口逃出包围圈，一路上遇到不少阻拦，终于逃到黄河边时又没有船只，看到刘豫曹荣的败船又来不及登上，最后上了阮良的小船以为得了性命，却不料阮良也是要擒拿他的……这一系列的情节发展曲曲折折、趣味横生，节奏紧张又引人入胜。

2.多种叙述手法并用：本文的一大特色就是在紧张的气氛中不时地插入与追击无关的情节，如张国祥和董芳的误会拦截，阮良的突然出现，都给读者紧张的情绪一点缓解的空间，让读者在重重疑惑中一个一个地揭开谜底。董芳等人的出现采用插叙的手法，刘豫和曹荣的出现采用补叙的手法，阮良的出现先设下悬念，再揭示人物身份，多种手法并用使文章张弛有度，精彩异常。

第十六章 破贼船太湖剿寇 设巧计鄱阳立功

岳飞见兀术被救，心想是天意，就与阮良相见，下令犒赏三军。此时又报张国祥、董芳赶到，岳飞把他们接进营中，与众将相见，大家都十分欢喜。岳飞写了告捷本章，将情况奏明，候旨封赏。

这一日，圣旨到，让岳飞到太湖剿匪，岳飞领旨，急忙知会了张元帅，派人把守黄河。又命牛皋、王贵、汤怀、张显四将先行，自己押着粮草随后就到。不几日，到了平江府。离城十里，安下营寨，歇息了一天。

> 兀术大败后已经逃到黄河北岸，暂时没有战事，圣旨一下，岳飞就到太湖剿匪，开始了另一场大战。【过渡】

牛皋抓了一个道士问明了府城的所在，就去城下喊叫。守城军士报告了知府，知府陆章忙开城迎接，还送来了酒肉犒赏。汤怀等都问贼在何处，陆章道：“这太湖，中间有两座高山：东边为东洞庭山，西边为西洞庭山。东山住人，西山屯粮草。有五六千兵，四五百艘船。贼首叫杨虎，元帅叫花普方，都好生厉害。今日圣上派各位将军到此，真是万民之幸。”汤怀叫陆章放心，回去备办船只水手，等元帅来了攻打贼寇用，陆章领命去了。

第二天，汤怀等沿湖边安下营寨，四人每人驾领小船十只，分作四路，在太湖边巡哨，以防贼人劫营。牛皋喝多了酒，坐在船头上，让水手把船摇到湖心。众水手不敢违拗，只得照办。不想正碰上贼船，把牛皋撞入水中。那贼方元帅花普方，在船头上看得明白，就跳下水去捞起牛皋来捆了，回山寨去了。小船上的水手逃回大营，报告给汤怀等人。三人均没了主意，只能等岳飞来了再想办法。

花普方擒了牛皋，禀告杨虎说："牛皋是岳飞的结义兄弟，那岳飞最重义气，将他监禁在此，可使岳飞两面不能兼顾，分他军心。"杨虎依言，将牛皋关了起来。第二日，花普芳备了酒肉来劝降牛皋，反被牛皋相劝，归降岳飞，二人谁也说不服谁，只好作罢。

已经被人擒拿了关在狱中，牛皋仍然没有丝毫惧怕，反而想劝对方的元帅归降岳飞，既可爱又可笑，令人忍俊不禁。【人物描写】

却说那岳元帅率领大兵，很快来到太湖，只见汤怀三人来迎接，独不见牛皋，十分疑惑，一问之下，才知他酒醉行船，被贼拿去了。岳飞思索良久，决定亲去探营，就命汤怀护着帅印，自己扮作汤怀前去。

第二天，岳飞写好战书，带了张保、王横来到水寨，见了杨虎，说道："小将汤怀，奉主帅之命来下战书。"杨虎看了战书，决定五日后开战，便将回书递给岳飞。他见岳飞面熟，就差人押出牛皋辨认。

牛皋到了门外，张保大惊，慌忙过来说："小人跟随汤怀老爷来下战书。”牛皋进门看见是岳飞，心中有数，岳飞吃了一惊，暗道：“这下完了！”谁知牛皋叫道：“汤怀哥！你回营去叫岳大哥，拿住这逆贼，给我报仇！”杨虎打消了疑惑，放岳飞回营去了。

牛皋不会用计、不会骗人，所以张保和岳飞见他来了都担心被识破，不想牛皋粗中有细，顺利瞒了过去，令人赞叹。【语言描写】

岳飞回到大营，叫众将来商议对策。正在一筹莫展时，门外兵士来报，说有两个渔户求见。岳飞命带进来，一问才知道，他二人是兄弟，一个叫耿明初，一个叫耿明达。因杨虎到来，不得安稳过日子，就想投在岳飞麾下，以保平安。岳飞欣然接受，并与他二人结为兄弟，设宴款待。

席间，耿明初介绍了杨虎的兵力。他有四队兵船十分厉害。五十号“炮火船”上四面架着炮火，十分难当；五十号“弩楼船”头尾俱有水车，四围用竹笆相护，军士在上放箭。弩楼下军士亦用挡牌护体，各执长刀砍人；五十号“水鬼船”上的水手，可以在水底潜伏七日七夜，交战时，水鬼跳下水将敌船船底凿通，直至水淹船沉；第四队是杨虎自领的战船，也十分威风。

通过耿氏兄弟一一介绍杨虎的兵力，让岳飞心中有底，暗示了岳飞的破贼之计，间接推动了情节的发展。【推动情节】

当晚岳飞回营安寝，想到一个计策。第二日，就命耿氏兄弟去诈降，谋得看守山寨的职务。等杨虎出兵时，先放了牛皋做帮手，然后拿了杨虎家眷，不可杀害，将杨虎的金银财帛收拾好了，四面放火，烧了他的山寨，让他无路可退。兄弟二人领命去了。杨虎果然不疑，盛情款待了二人。

岳飞抓紧备战，勤练水卒，过了半月有余，众将齐来催战。岳飞命王贵带领几十号小船，去打捞水草，堆在船中，躲在两旁。待“弩楼船”来时，将水草推下水去，塞住车轮。之后再下小船，分左右来助阵，王贵领令去了。又命周青、赵云、梁兴、吉青四将带领五千人马，前往无锡大桥埋伏，准备生擒杨虎。料理停当，择日开战。

耿氏兄弟果然讨了守寨的任务，依岳飞的计策而行。杨虎上了船，使出自己的四队船，不想岳飞早有准备，前三队船全不奏效。杨虎只得催动战船，来与岳飞决战。岳飞站立于船头之上，高声劝降，杨虎不听，要回营整顿军马再战，岳元帅大笑道：“你的巢穴已被我烧了！”杨虎听说，回头一看，但见满山红焰，火势滔天。知道水寨已经遭劫，怒气冲天朝岳飞杀来，被众将围在中间。

杨虎在水中敌不过阮良，夺路逃走，跑了一夜，到了无锡大桥边。只听得一声炮响，周青、吉青、赵云、梁兴四将一齐杀出。杨虎大怒，举刀来战四将。他杀了一日夜，人困马乏，哪里战得过四将？只好再逃，不想又有一路人马拦住去路，正是岳飞。

杨虎见老母妻儿都在岳飞手中，个个安好，再加上岳飞武艺高强，用兵如神，十分佩服，就归降了，他手下的喽罗也

杨虎归降的经过十分简练，反衬出岳飞的用兵如神和以仁义服众。这一段从侧面赞扬了岳飞的领兵才能，令人钦佩。【侧面描写】

都跟着归降了。

不久，岳飞带领众将到金陵面圣交旨，高宗大悦，封杨虎、张国祥、董芳、阮良、耿明初、耿明达六人为统制；岳飞加衔纪录，随征将士，都依功升赏。又命岳飞统领大军，去征剿鄱阳湖水寇。

岳飞领旨出朝，点牛皋带领五千人马，为先锋；王贵、汤怀带领五千人马，为第二队；自己同众将在后进发。

牛皋领着人马，一路到了湖口。早有湖口总兵谢昆等候，牛皋询问贼寇的情况，谢昆道："鄱阳湖内有座康郎山，山上有两个大王，分别是罗辉和万汝威。他们手下有个元帅叫余化龙，十分厉害。"牛皋道："既然如此，找个认路的带我们走旱路去抢山，你速备粮草来接应。"谢昆暗叹牛皋大胆。

牛皋来到康郎山，早有守山喽罗飞报上山。万汝威命余化龙下山迎敌，余化龙带领喽罗冲下山来，大喝一声："哪里来的毛贼，敢来寻死！"牛皋也不答话，举锏便打！余化龙架开锏，一连几枪，杀得牛皋招架不住，回马便走。换做其他军兵，早就四散而逃了，但牛皋手下的八百军士都是精兵，哪里肯逃？他们都齐齐站定在两旁，开弓发箭。余化龙见了不敢追赶，叹道："岳家兵果然名不虚传！"拉马回山去了。众军士见强人退去，又来收箭。

牛皋一马跑回了十来里路，不见半个兵卒逃回，恐岳飞怪罪，又拨转马头回来，见军士都在草地上拾箭，这才放心。牛皋不好去见谢总兵，只得退下三十里，安营住下。

不几日，王贵和岳飞相继到来，就商议定了奔旱路去攻山。

岳飞智计过人，不明情况时从不轻易动手。为下文他把余化龙的行动都料想到了作铺垫。【铺垫描写】

半路遇上牛皋，知道他又打了败仗，也不计较。来到山前，余化龙前来讨战，岳飞命众将士坚守营寨，不与交战。余化龙只得收兵回山。岳飞暗传号令：让众将早做准备，防余化龙夜间劫营。众将领令，各去埋伏。

余化龙回山，等到二更时分，领兵悄悄下山，杀入岳飞大营，并无一人。余化龙情知中计，拨回马便走。但听一声炮响，四下里齐声呐喊，众喽罗拼命逃奔，自相践踏，伤了许多兵卒。岳飞却不曾损伤一人。第二天，余化龙又来讨战，岳飞仍然坚守不出，余化龙只得收兵回山。到了黄昏时候，岳飞换了随身便服，只带了张保一人悄悄出营，往康郎山细细观察了山势，回营对众弟兄道："要破康郎山，必须先收服余化龙。"

"无言可答""勉强"等词语，都形象地说明了余化龙并不甘心为贼的心理，这就为岳飞的收降提供了先决条件。【用词准确】

第二天，岳飞摆开阵势，要余化龙出战。两军阵前，岳飞好言相劝余化龙，说得余化龙无言可答，勉强道："岳飞，你若胜得我手中的枪，我就降你。"岳飞道："一言既出，驷马难追，但是不许暗算。"余化龙说声："好！"举枪来战岳飞。二马相交，双枪并举，战有四十个回合，不分胜败。天色已晚，二人约定明日再战。

第二天，二人举枪又战，又战了一日，不分胜败。二人又约定明日再战，各自回营。

第三日又战，仍分不出高下，余化龙算计要用神镖胜岳飞，虚晃一枪，往山左败去。岳飞见他枪法不乱，知道有诈，就拍马追来。余化龙见岳飞追来，暗暗取出金镖，一镖打来，岳飞把头往左一偏，这镖打空了。余化龙又发一镖，岳飞往右一闪，这一镖又打不着。余化龙又将第三镖打岳飞心窝。岳飞接在手中，回手把镖打回去，余化龙上下防守，不料岳飞一镖将余化龙坐马项下的挂铃打断。马一惊，跳起来，把余化龙掀翻在地。

岳飞跳下马来双手扶起，说道："余将军，这马不曾见过大阵，请换马再来决战。"余化龙满面羞惭，甘愿投降，岳飞就与他结为兄弟，并设下平寇之计。

岳飞收兵回营，众弟兄俱来问安。为免走漏消息，岳飞假说："被他暗算，几乎失手，没受重伤。"正在谈论，忽有人来报："金兀术差元帅斩着摩利之领兵十万，来打藕塘关，驸马张从龙领兵五万，攻打汜水关。十分危急，请令定夺！"

岳飞心中焦急，湖寇未平，金兵又到，必须赶快前去援手。杨虎见状，上前禀道："末将愿到山上劝降二贼。"岳飞应允。第二天，杨虎到水寨见万汝威，晓以大义，万汝威坚决不从，将杨虎赶出门外，并派了几个喽罗暗地里跟随他回来。

杨虎逃回，进营来见元帅。岳飞道："方才水手逃回，说你被贼人斩首。今日安然回来，必然归顺了贼寇。"杨虎

事情在这里生出变化，令人摸不着头脑。杨虎去劝降，不成功也是在意料之中的，岳飞却执意要顺着误会斩杀杨虎，留下了无尽的悬念，引读者继续阅读，找出答案。【设置悬念】

大叫道："冤枉！"岳飞坚持要杀杨虎。几个随杨虎回来的喽罗一见，慌忙跑回山上去报信了。

岳飞帐下众将，见事情重大，不敢出言，只有牛皋过来为杨虎求情。岳飞无奈，看在牛皋面上免去死罪，重责了几十军棍。杨虎谢了牛皋，回到自己营中，十分懊恼，正想不通时，有人报道："元帅，有机密人求见。"杨虎让他进来，拿过密信看了，立刻在火上烧了，对来人说："我明白了。"来人叩头离去。

杨虎洗净了棒疮，拿了酒来喝醉了。睡了半夜，杨虎悄悄出了营门，独自一人往康郎山来，求见大王，说要归降。万汝威见他棒伤甚重，深信不疑。余化龙暗想："杨虎朝秦暮楚，是个反复小人。"

一日，饮酒之间，杨虎对余化龙道："杨虎此来，只为能顺天时、结好汉，镖打穿梭义弟兄！"余化龙听了此言，大惊失色，忙斥退了下人，问道："将军此言是何用意？"杨虎见四下无人，就对余化龙说了岳飞的计策。原来他是来帮助余化龙的。

牛皋不知内情去大闹，消除了万汝威和罗辉对杨虎的疑惑，这也是岳飞用兵的妙处，为后文的胜利作了铺垫。【侧面烘托】

第二日，宋营传闻逃走了杨虎，牛皋道："可恨杨虎这贼，我救了他的性命，反逃走了来害我。"就向岳飞讨了令，来攻打康郎山，被余化龙杀得大败而回。岳飞也不理论，只差人给罗辉、万汝威下了战书，约定第二天决战。

第二天，两军列成阵势。岳飞立马阵前，罗辉、万汝威亦出马来，余化龙、杨虎跟在后面。牛皋见了杨虎，用手指着骂道："你这无义匹夫，今日我必杀你！"岳飞用话语讥讽二贼，罗辉大怒，叫声："谁与我拿下岳飞？"余化龙道："我来拿他！"手起一枪，将万汝威刺于马下。杨虎同时手起刀落，将罗辉砍为两段。

岳飞一声呐喊，众将士一齐上山，众喽罗死的死，逃的逃，愿降者齐齐跪下。余化龙和杨虎杀了二贼家小，收拾钱粮下山，一起回到宋营。此时众将才知道杨虎献的苦肉计。牛皋道："原来就瞒了我一个！以后我也不管这闲事了。"

·品读与欣赏·

这一章写岳飞暂离金兵，去太湖和鄱阳湖剿灭水寇的战役。全文写了大大小小的多次战役，把岳飞的有勇有谋表现得淋漓尽致。岳飞收杨虎是以义气服人，收余化龙是以武艺和仁义服人，在岳飞的感召下，宋军又添两员大将，面对金兵时就更有把握了。岳飞的用兵如神在这一章中得到最好的发挥，读者在阅读过程中会领略到他的智勇双全。

·学习与借鉴·

1.结构完整：全文首尾照应，以剿匪开始，又以剿匪胜利结束。中间的情节联系紧密，环环相扣，前因后果都清楚明白，用多种叙事方法和写作手法构成了一个完整的故事，把岳飞的智勇双全、杨虎的英勇无敌、余化龙的弃暗投明娓娓道来，让读者了解到一个充满仁义和情义的军营。

2.细节突出：这篇文章有许多细节描写得非常好。如岳飞扮作汤怀到敌营时，看到牛皋，“岳飞一惊”，但后面的发展是牛皋没有指认他，替他扫除了危险，产生了这种有惊无险的效果就是细节的作用。再如杨虎到了贼营，对余化龙道：“杨虎此来，只为能顺天时、结好汉，镖打穿梭义弟兄！”这句暗语只有余化龙和岳飞明白，就暗地里与余化龙通了讯息，这也是细节的作用。本章的细节很多，在写作中值得借鉴。

第十七章 牛皋杀敌藕塘关 吉青陷身番兵营

第二日，岳飞就命牛皋带五千人马，为第一队先行，去救汜水关；余化龙、杨虎领兵五千，为第二队接应，三人领令去了。岳飞准备粮草，把剿匪的情况写成奏章报给圣上，然后起兵向汜水关进发。

不几日，牛皋兵至汜水关。军士报道：“汜水关已被金兵抢去了。”牛皋道：“既然如此，我们就夺了关再吃饭。”三军呐喊，到关前讨战。守将张从龙出关迎战，与牛皋战在一处，张从龙的锤重，几个回合，牛皋招架不住，拨转马头，败下阵来，众军士乱箭齐发。张从龙不能上前，只得收兵回去。牛皋在路旁扎住营寨。

第二日，余化龙、杨虎到了，二人见牛皋打了败仗心情烦恼，就想抢了汜水关，将功劳让给牛皋。二人带领军兵到汜水关前，放炮呐喊。张从龙率领番兵开关迎敌，余化龙出马，并不答话，挺枪便刺，张从龙举锤，战到二十回合，不分胜负。余化龙诈败下来，暗取金镖在手，豁的一镖，正中张从龙前心。杨虎赶上一刀斩了首级。众人一齐抢进关来，番兵四散逃走，两将就得了汜水关。

二人让牛皋去领功，牛皋不会说谎，照实说了，岳飞就命牛皋领兵去救藕塘关，牛皋领兵而去。岳飞给余、杨二人记上了功劳簿，安抚百姓后，起身往藕塘关进发。

牛皋一路加紧赶路，很快到了藕塘关外，守将金节出城迎接，在堂中摆了酒席款待牛皋。牛皋道："你这酒席请我还好，若请元帅，就有罪了。"金节忙问道："这是为何？"牛皋道："元帅每饭食，总向北方流涕。说二圣在北地受苦，为臣的吃一餐素饭，已是过分。若见这丰盛酒席，岂不要恼你？"金节听了，连声称谢。

牛皋喝了半天酒，已有八九分醉意，此时有军士来报："金兵来犯关了！"金节怕打扰牛皋，就悄悄吩咐下去，不想牛皋已经听见了。他捧起一坛陈酒来，喝了半坛，叫金节看好了剩下的半坛，等得胜回营再喝，起身踉踉跄跄，走下大堂。

金节上城观看，见牛皋坐在马上，犹如死人一般。再看金邦元帅斩着摩利之十分英武，不禁替牛皋担心。不想牛皋喝醉了酒，风一吹就要吐。这一吐，直喷在番将面上，那番将十分恼怒。牛皋吐了一阵，有些醒了，睁开两眼，看见一个番将立在面前抹脸，就举起锏来，把番将的头打得粉碎。牛皋下马取了首级，又上马招呼众军，冲入番营，杀得血流成河。追了二十里，抢了许多马匹粮草。金节出关迎接，说道："将军真神人也！"牛皋道："如把一坛都喝了，那些番兵一个都跑不了。"

金节当晚回家，与夫人戚氏说起牛皋，夫人有一个妹妹名叫戚赛玉，年方十七，尚未婚嫁。金节见牛皋是一员虎将，又问得牛皋没有夫人，就想把赛玉许配给他。当日，大堂上张灯结彩，供着喜神，准备花烛。金节请牛皋到府，说："下官有一妻妹送与将军成亲，特请将军同结花烛。"那牛皋听见这话，羞得面红耳赤，急得跑回大营。

正说之间，岳飞大兵已来了。金节一身喜服出关迎接，禀报了牛皋的战绩，并说明了嫁妹的缘由。岳飞听了笑道："总兵请回，等我带他来完婚。"金节谢了，回衙与夫人说明，都十分欢喜。岳飞扎下营盘，便叫汤怀去唤牛皋来，训斥了一番，送牛皋去拜了花烛，送归洞房。

再说那山东鲁王刘豫守在山东，残虐不仁，诈害良民，次子刘猊，仗着父亲的权势，更是无恶不作。一日，刘猊在外打猎，正在追赶一头鹰，不想鹰被孟家庄的家丁打死了。刘猊不依不饶，定要孟家的家丁偿命，把家丁打死了，还不解恨，一路打到孟家庄来。

到了庄上，那刘猊口出狂言，把孟太公气的七窍生烟，冲撞之间，太公受了重伤，流血不止。庄丁急忙找了太公的儿子孟邦杰来，太公微微睁开眼来，叫声："我儿！可恨刘猊无理，我死之后，你须要与我报仇！"话未说完，竟气绝了，孟邦杰大哭起来。

正在悲伤之际，又有庄丁来报说："刘猊在庄门外叫骂，说不快赔他的鹰，就要打进庄来了！"孟邦杰听了，心头火起，冲出庄外，把刘猊的家丁砍死砍伤了十几个，刘猊仓皇逃跑了。孟邦杰料他不肯干休，就遣散了家丁，取了些散碎金银，从后墙逃走了。

刘猊逃回，就把孟家庄之事，加些假话说了一遍。刘豫大怒，要抄没孟家庄，大公子刘麟上前劝阻，刘豫不听，刘麟无法，翻身一跳，跌得头开背折，死于城下。刘豫大怒，不许手下人收尸，又命刘猊发兵去将孟家庄抄没了。刘猊赶到孟家庄，见一个人也没有，就一把火烧了孟家庄。

孟邦杰离开孟家庄后连夜赶路，不敢停留。他想到藕塘关去投奔岳飞，中途经过卧牛山，与同门兄弟岳真相会，又结识了呼天宝、呼天庆、徐庆、金彪四位英雄。孟邦杰向众人说明了家中的惨祸，岳真等义愤填膺，要替他报仇。孟邦杰说服了他们，岳真等聚集了粮草人马，一起奔藕塘关去投岳飞。

再说藕塘关岳飞大营，这一日正逢七月十五日，众兄弟在山腰赏月，牛皋走到山坡边小解，却抓到了一个奸细，连忙把那人绑了，来见元帅。岳飞一见他服色行径，就知道是金邦奸细，他假装醉了，往下一看，叫道："张保，我差你送书去，怎么躲在山中，被牛皋拿了？书在哪里？"那人不敢做声。

岳飞道："想必是遗失了，所以不敢回来见我？"那人只得应道："小人该死！"元帅道："我如今再写一封书，若再丢了，要你狗命。"吩咐把他腿肚割开，把蜡丸用油纸包了，放在他腿肚子里边，用布裹好，说道："若再误事，必然斩首。"那人一瘸一拐地走了。

牛皋见张保就站在岳飞背后，不明原因。岳飞笑道：“我将计就计，放他去替我做个奸细。”众将一齐称赞，岳飞就命探子前往山东，探听刘豫的消息。

这个人果然是兀术帐下的一个参谋，叫做忽耳迷。他忍着腿伤走了多日，来见兀术，禀道：“臣奉旨往藕塘关，不慎被牛皋发现，押去见岳飞。岳飞大醉，错认臣做张保，把一封书信交给臣，教送到山东去。”兀术叫取书观看，参谋道：“书在臣的腿肚子里！岳飞将臣腿肚割开，把书嵌在里边，疼痛难行，故此来迟了。”

兀术命取出，却是刘豫暗约岳飞领兵取山东的回书。兀术大怒，命元帅金眼蹈魔、善字魔里之领兵三千，前往山东，把刘豫全家斩首。军师哈迷蚩怕兀术中计，想要阻拦，兀术道：“不管是计不是计，这个奸臣，留不得，快去把他全家抄没了！”元帅领命而去。

再说岳真兄弟来到藕塘关外，岳飞听说卧牛山好汉来投奔，十分欢喜，就命请进。孟邦杰等述说了自己的身世，请岳飞起兵去取山东。岳飞道：“本帅已定计令他自相残害。我已差人往山东去探听消息，待他回来，便知端的。若此计不成，本帅亲领人马与将军报仇。”孟邦杰谢了，岳飞与这些好汉结为朋友，设筵款待。

几日后，探子回营禀报，说刘豫全家皆被抄没了，只有刘猊在外打围逃过一劫。岳飞把这个消息告诉孟邦杰，众人都十分高兴。

兀术杀了刘豫后，就派粘罕来攻打藕塘关。岳飞得报，在藕塘关中安排军马，准备退敌。粘罕大军在离关十里处安营，粘罕暗暗思量：怕青龙山岳飞踹营的事情再次发生，就暗暗传下号令，命众将在帐前掘下陷阱，两边埋伏下挠钩手，以防岳飞再来偷劫营寨。众将依言布置陷阱。

粘罕又挑选面貌与自己相像的兵士装成自己，坐在帐中看书，迷惑敌军，自己退入后营。是夜吉青走马出营，要去劫营。原来青龙山一战中，吉青中了这粘罕“金蝉脱壳”之计，受了岳飞埋怨。他见粘罕又来攻城，就下决心要把粘罕生擒。

吉青一路跑到番营，番兵拦挡不住，四下奔逃。吉青直打到中间，望见牛皮帐中坐着一人，正是粘罕，忙把马一拍，冲上前去。不想连人带马，跌入陷阱。两边军士一声呐喊，挠钩齐下，把吉青搭起来，用绳索紧紧绑着，推进后营，来见粘罕。

那粘罕见不是岳飞，却是吉青，吩咐推出去砍了。元帅铁先文郎禀道：“刀下留人！四狼主曾对狼主说过：‘若拿住吉南蛮，必须解往河间府，要报爱华山之仇。’”粘罕道：“确有此事。”就传令叫小元帅金眼郎郎、银眼郎郎二人领兵一千，将吉青上了囚车，连兵器马匹，一齐押解到兀术那边去。二人领命，立刻起身去了。

番兵押着吉青，正在赶路，却遇上了一个好汉，是河间府节度张叔夜的大公子张立。他与兄弟张用分散后一路走到藕塘关，想来投岳飞。正好遇上吉青的囚车，他就跳出来一阵冲杀，想把吉青救出，好去见岳飞。哪知吉青见张立衣服破烂，也不相谢，只顾追杀番兵，然后径自走了。没想到遇上了附近猿鹤山上的四位头领诸葛英、公孙郎、刘国绅、陈君佑领兵下山抢粮，几人不分黑白战在一起，张立赶来见了，也加入了战团。

再说吉青手下兵士见他一夜不回，忙去报告岳飞，元帅心知不好，就命众位兄弟一起去番营救吉青。一声令下，汤怀、牛皋、杨虎、孟邦杰等十几员大将一齐冲入番营。但番兵并不阻拦，让开大路。岳飞暗道："必有诡计。"就传令众将分成四路，抄到后营。

一阵冲杀，番兵抵挡不住，纷纷跌下自己挖的陷阱，把陷阱填得满满的。粘罕带领金将左右冲杀，却挡不住这些强兵猛将，只杀得番兵尸横遍野，血流成河，粘罕只好寻路逃跑了。岳飞带领众将在后追赶，正见到几个人打得热闹，岳飞问明情况，对几人晓以大义，劝他们为国尽忠，当下几人收拾人马钱粮，同岳飞回营了。

·品读与欣赏·

这一章写岳飞领兵在藕塘关上杀退金兵，并在途中收降了几员猛将的事情。文章前半部分主要写牛皋杀敌的英勇无敌和临阵娶亲的忸怩害羞，在人物塑造上十分生动传神。然后写孟邦杰家破人亡，出逃在外，故事连贯，情节紧凑。又写岳飞计杀刘豫，吉青私闯金营被擒，最后同众位英雄好汉一起归到岳飞帐前听用。文章以翔实的笔墨讲述了一系列故事，给读者以美的享受。

·学习与借鉴·

1.内容丰富：这一章的内容十分丰富，在与金兵交战的过程中收降了多位大将，为之后的抗金大业打下了基础。从牛皋破金兵到孟邦杰被害得家破人亡而出逃，再到岳飞设计借兀术之手除去了暴虐成性的刘豫一家，为孟邦杰报了仇，最后在救吉青的过程中遇到张立等人，在一场混乱后一起归降岳飞，又添了几员大将。整篇文章循序渐进，娓娓道来，充实的内容也增加了文章的神采。

2.前后照应：在这一章中，孟邦杰的故事是一个重点。从刘猊寻衅害死孟太公，令孟邦杰家破人亡，只能逃亡，到跑到卧牛山下见到了岳真等人，再到一起归到岳飞帐下，情节完整而生动。刘豫的仗势欺人、纵子行凶是前因，岳飞使反间计杀了刘豫全家，间接为孟邦杰报了仇是结果，但刘家跑了刘猊，就留下了另一个伏笔，也让孟邦杰甘心跟随岳飞抗金，找机会再为父报仇。文章前后照应，连贯而完整。

3.语言风趣：这一章的语言运用十分幽默，牛皋因醉在战场上杀死了番将，打了胜仗；金节要把妻妹许配给牛皋时，他的反应也十分可笑；岳飞利用番兵的探子施行反间计，借兀术之手杀了刘豫一家；最后解救吉青时，岳飞识破番兵的陷阱诡计，改从后营冲入，让番兵自己掉进自己挖的陷阱，“填得满满的”，也十分有趣。这些幽默的段落给读者增添了阅读兴趣，也增加了文章的光彩和可读性。

第十八章 征两曹茶陵遇张用 过九宫栖梧收元庆

一天，又有圣旨到，命岳飞去征讨汝南曹成、曹亮。元帅接旨后就命牛皋为先锋，带领人马去茶陵关，又命汤怀、孟邦杰两人，押送粮草。等岳飞把藕塘关的事安排妥当，又命金总兵好好把守，就起兵奔茶陵关进发。

牛皋兵到茶陵关外，扎下营寨，吩咐一声："抢了他的关，进去吃饭。"众兵呐喊着到关前讨战。不多时，只见关门大开，冲出一员步将，长身黑面，使条铁棍，飞舞而来。牛皋举锏招架，战不到十几个回合，就招架不住了，回马便走。那将见了，也不追赶，领兵进关去了。

过了两日，岳飞大兵已到。元帅问开战的情况，牛皋就把黑大汉的事说了一遍。第二天，岳飞召集众将，商议攻关。张立站出来说："昨日听牛将军说那员步将，好像我的兄弟，我去会会他。"元帅点头，张立领命到关前叫阵。

等黑大汉出来一看，果然是兄弟张用，就假意和张用对打了几下，虚打一棍，败走到僻静之处，兄弟相认，互叙了别情，张立劝弟弟归降岳飞。张用道：“待我明日诈败，献关给哥哥！”张立点头。二人商议好，又一路假打着回到阵前，各自收兵。

第二天，张立依计而行，得了茶陵关，带张用一同请元帅进关。岳飞大喜，记了二人首功，还上表保举张用为统制，然后催运粮草，准备去攻打栖梧山。一天，元帅问张用，曹亮、曹成手下有哪些猛将，张用说：“他们水里本事很好，手下副将贺武、解云也十分了得。元帅何元庆有万夫不当之勇，最是厉害。”岳飞听了心中暗暗思量。

再说谢昆护送粮草到茶陵关，走了两天，来到了一座高山，名为九宫山，山上有个大王姓董名先，手下有四个弟兄，分别是：陶进、贾俊、王信和王义。他们招集了五千多人马，在九宫山打家劫舍。

听说是岳飞的粮草在山下经过，董先大喜，带了一千多喽罗，扎营在半山之中，准备劫粮。他见谢昆年纪老迈，就让他写文书叫岳飞亲自来战，谢昆只得扎下营寨，写书向岳飞求救。岳飞大怒，就命施全带领五百人马去擒拿强盗。施全领令出关，和送信差官一路向九宫山而来。

谢昆见只有施全一人，十分担心，施全道：“不用担心，天色尚早，我这就去擒贼。”说完提戟上马，到山下叫阵。董先得报，下山来抬头望见施全，大声喝道：“来者可是岳飞么？”施全道：“小毛贼也敢劳动元帅，我乃元帅帐下施全，奉命来擒你。”董先大怒，与施全战在一起，没几个回合，施全不敌，败了下去。董先无法，收兵回山。

施全一口气跑下二十来里路，回头看没有董先，才勒住马，放下了心。忽见前面有十五六个人正向自己走来，为首的是个少年。施全上前警告少年不要到前面送死，那少年却让施全引路去捉强盗。

很快来到九宫山，施全指示了方向，那小将就催马来到山下，高叫一声："快叫董先来和我一战！"喽罗报知了董先，董先飞马下山，和少年一言不合，动起手来。董先根本没把少年看在眼里，但少年一连几十枪，打得董先手忙脚乱，招架不住，只得败回山上去了。

他手下的陶进等一齐冲下山来，要给董先出气，一见了那少年，惊叫一声："啊呀，原来是公子！"都跳下马来跪下。原来这少年名唤张宪，是金陵大元帅张所的孙儿。张所临终时嘱咐他来投岳飞，干一番事业。陶进四人原本是张所的家将，被张所派来协助岳飞的，却结识了董先，在这里落草了，自然认得张宪。

张宪训斥四人一番，让他们回山劝降董先，四人领命回山，董先佩服张宪英武，欣然同意了。于是收拾了山寨，随谢昆一起押送粮草到岳飞大营，岳飞见添了几员大将，十分高兴，设宴款待众人。

再说汤怀、孟邦杰两个，押粮路上无事，为了夺一头鹿与樊家庄的两位小姐结识。樊老爷是惜才之人，见汤、孟二人少年英武，就把两个女儿许配他们两人。酒席宴上，他们又与樊老爷儿子樊成相见，那樊成是一员虎将，但年纪还小，三人约定过几年再到阵前效力，二人押着粮草一路奔大营来。众人相见，十分欢喜，岳飞见粮草已到，第二天就整顿人马，来攻栖梧山。

离山十里，安下营盘，岳飞来到山下讨战。何元庆下山迎战，岳飞见他威风凛凛，相貌堂堂，就想收降他。但何元庆不听劝告，岳飞只好与他大战。两人棋逢对手，战到天色将黑也不分胜负，两人约定明日再战，各自收兵。何元庆回山后暗暗传令："今夜下山去劫宋营，各自准备。"

哪知岳飞料定何元庆必来偷袭，早就让手下众将准备好了。到了二更天，何元庆带领一千喽罗悄悄下山，来劫宋营。见营中一片漆黑，元庆一声令下，当先冲入宋营。只听营中一声炮响，何元庆连人带马跌入陷阱。三军一齐上前，用挠钩搭起何元庆来绑住。众喽罗见元帅被捉了，纷纷投降。岳飞见了何元庆，又好言劝他为国效力，元庆说："这次是我中了你的计策，我不服。"岳飞就放了他，让他回去整顿军马再战。

第二天，岳飞命张用、张显、陶进、贾俊、王信、王义带领步兵三千，从小路去取栖梧山，杀入寨中后放火为号；又叫过杨虎、阮良吩咐了几句，二人领命去了；又写了一张密书，交给耿明初、耿明达依计而行。

分拨已定，何元庆在营前讨战，岳飞带领众将迎战，和他战了一日，没分胜负，两方又点起火把夜战，打到三更天，只见栖梧山上火光冲天。岳飞让何元庆回去救火，何元庆刚回到半山就见到逃跑的喽罗，说山寨已经失守。何元庆无法，就带了众军士往汝南投去。

走到天亮，来到一座桥前，大桥被拦腰斩断。元庆无法过河，正在着急，忽听得一声炮响，水面上撑出一队小船来，前面两只船头上站着杨虎、阮良，奉元帅之命在这里相迎。何元庆只好往旁边逃去，跑到白龙江口，看到两个渔翁在那里摆渡，元庆就上了船，留下喽罗在岸上，都被岳飞收降了。何元庆看在眼中，心中凄楚，正在这时，渔翁道："我们是奉岳元帅命令，特来擒你的。"说完跳下水去，两手把船一扳，把元庆翻到水中，捉到岸上用绳绑了，来见元帅。

岳飞命松绑，问何元庆服是不服，何元庆大叫不服，岳飞就放了他，让他整顿了再战。众将都不服气，岳飞道："本帅不杀何元庆，是要他心悦诚服来降。"说着命汤怀依计而行，汤怀领命去了。

何元庆来到江口，无处可投，心说："不如自尽了罢！"正要拔剑自刎，只见汤怀飞奔赶来道："岳元帅记念何将军，让我来远送。待小将准备船只，送将军渡江。"正说着，又见牛皋带领兵卒，抬着食物赶来道："奉元帅将令，特备酒饭，请将军聊以充饥。"元庆深感岳飞爱才，诚心来降。岳飞大喜，与何元庆结为兄弟，一面上奏朝廷，养兵息马，差人探听曹成消息。

过了几日，圣旨下来，调岳飞去征讨洞庭湖水贼杨幺。岳飞道："量这曹成，不足为患。"于是调兵遣将，往洞庭湖去剿匪。

·品读与欣赏·

这一章从牛皋在茶陵关遇到张用，在张立的劝说下张用献关投降了岳飞，到押粮路上施全结识了董先和张宪，一起到岳飞营前效力，再到岳飞攻打栖梧山，义收何元庆，一点一滴，都写得十分翔实有趣。文章语言精练，详略得当，在人物刻画上运用了多种描写手法，十分传神，令人印象深刻。而且文中多设悬念，吸引着读者向下阅读，这种写作手法是小说中常用的，十分引人入胜。

·学习与借鉴·

1.巧设悬念：文章中多处设置了悬念，吸引着读者去思考文中的疑团，进而被文章的情节所吸引，继续阅读。如茶陵关的守将是不是张立的兄弟？九宫山的董先如此厉害，树林中的少年为什么不怕他？岳飞要收降何元庆，准备用什么样的方法？这些疑问会带领读者往下阅读去看个究竟，从而达到引人入胜的艺术效果。

2.结构完整：文章结构紧凑，前后照应。开头写岳飞领旨去讨伐曹成、曹亮，结尾收降了曹成的大将何元庆，正要乘胜追击，又接到圣旨要他去洞庭湖讨伐水寇杨幺，以圣旨开始，又以圣旨结束，是结构上的完整。完整的结构让人读来有始有终，明白发生的所有事情，这是阅读时要特别注意的关键点。

第十九章 失京都高宗逃命 护军粮四将踹营

开篇就是对社会现实背景的简要交代，让读者明白军情确实很紧急了，接下来金陵很可能保不住，朝廷的安全危在旦夕，也是高宗出宫逃命的引子。【社会背景描写】

兀术听说岳飞去征水寇杨幺，就依军师哈迷蚩的计策，兵分五路进犯中原，让岳飞不能四顾。兀术领着二十万人马来攻金陵，此时宗泽留守金陵，因康王不回汴京，又听说兀术五路进兵，岳飞羁留湖广，急得旧病发作，口吐鲜血，大叫“过河杀贼”而死。

兀术兵至长江，长江守将杜充惧怕金兵，就献了长江。兀术大喜，命杜充为向导，大兵往凤台门而来。康王正在宫中饮宴，忽见众人来报金兵到了，康王大惊失色，同李纲、王渊、赵鼎、沙丙、田思忠、都宽君臣七人，一路逃出通济门。兀术进了皇宫不见康王，急命杜充带路在后追赶。

康王七人，跑了一夜，才到句容。康王换了便服，一路逃到海盐。县官路金出城外迎接，王渊问路金有多少兵，路金道：“兵虽不多，但有昔日梁山泊上好汉呼延灼隐居在此，可招来保驾。”高宗应允，即刻去请了呼延灼。君臣相见，正在说话间，忽报番兵已到城外了，呼延灼提鞭上马，请圣上一齐上城观战。

呼延灼出城，先见了领路而来的杜充，他深恨杜充献江误国，一鞭拦腰打来，杜充招架不住，翻身落马。呼延灼取了他首级，进城见驾。番兵败走，引着兀术来到城下。兀术上前叫阵，呼延灼让高宗准备逃走，自己出门迎战。见到兀术，呼延灼大骂不止，与兀术战在一处。无奈年老体衰，不敌兀术，被兀术一斧砍死。城上君臣见了，急忙上马出城，沿着海塘逃走。

兀术命好好安葬了呼延灼，自己带兵继续追赶高宗。高宗见追兵越来越近，十分着急，忽见一只海船驶来，君臣急忙上船。兀术带了人马，沿着海塘一路追上来，见一时追赶不上，就命军师回去催运粮草，自己继续追赶。高宗是真命天子，一路蒙各路义士帮助，辗转逃到了湖广。不想几人匆忙间误进了张邦昌家，张邦昌稳住高宗，派人去报知粘罕。

张邦昌的夫人蒋氏是行善之人，私下告诉了高宗，高宗拜谢了急忙逃走。张邦昌回到家中，见蒋氏吊死在树上，心知是夫人坏了事。只得硬着头皮去见粘罕。粘罕大怒，放火烧了张邦昌家，只留了张邦昌带路。

那高宗君臣几人爬山过岭，到了牛头山顶的平地，见到一座灵官庙，没有和尚，就进殿躲藏起来。此时粘罕也追到了山下，因为突然天降大雨，粘罕就命令先安营下寨，等雨停了再上山搜寻。

在潭州驻守的岳飞，听说高宗出逃，不知去向，十分焦急。赶忙叫会占卜的公孙郎算算，不一会儿，推算出高宗君臣在牛头山上。岳飞就命牛皋带领五千人马，先去牛头山打探，自己领大军随后赶来保驾。

这一段承上启下，先按下高宗君臣和粘罕不说，转而叙述岳飞听到消息后赶来救驾的安排，把情节从高宗逃命转到岳飞救驾，场景转到了牛头山上。【情节转换】

牛皋星夜赶来，不久就到了牛头山，见前面有番兵扎营。牛皋道：“既有番兵，圣上必然在这山上了。”于是领兵从荷叶岭上山护驾，自己一马跑到庙前，进殿见了高宗，然后吩咐三军守住上山的要路。

对牛头山周围环境的描写，交代了军情的紧急，为后续的勤王兵马陆续到来作铺垫，也从侧面衬托出岳飞的忠心。【环境描写】

那些番兵等雨停了，正要上山，见有宋兵把守，连忙报告粘罕。粘罕就命人去报告兀术，自己下令把牛头山团团围住，把康王君臣困在牛头山。牛皋差人报告了岳飞，不多时，岳飞领兵到了，也上山保驾。岳飞见庙宇甚小，就把圣驾移到山上的一座道观玉虚宫中。高宗听李纲之言，传旨封岳飞为武昌开国公少保统属文武兵部尚书都督大元帅。

第二天，岳飞说：“今日山下有金兵阻路，哪一位胆大，敢去相州催粮？”话声未落，牛皋上前道：“末将敢去！”岳飞就把一支令箭、一封文书交给牛皋，限他四日四夜到相州催粮回来。牛皋领命，独自一个跑下山来。

“舞动”“踹进”“逢人便打”“凶”“一连七八锏”“冲”，这些词语很好地表现了牛皋急于去催粮的心情，用词十分恰当。【用词准确】

牛皋来到粘罕营前，大叫一声：“快些让路！好等老爷去催粮。”他舞动双锏，踹进营来，逢人便打。众番兵见他来得

凶，忙报知粘罕，粘罕大怒，拿了武器上马来迎。刚碰面，就被牛皋一连七八锏打得败走。牛皋冲出后营，到相州去了。岳飞坐在营中，不多日，有兵士来报："有一支番兵到了山下。"不多时，探子报又一支番兵下寨，一连报了四五次。岳飞见敌军越来越多，心中十分担忧。

再说牛皋下了山，昼夜兼行，只用了三日半就到了相州。他来到大堂见了刘都院，急忙承上文书，报告了军情，让刘光世赶快备齐粮草。刘光世道："这是朝廷大事，怎敢延迟？"立刻传令准备粮草。刘光世一夜未睡，刚刚天亮，牛皋早已上堂来催促。刘光世道："军粮俱已整备，有道表章你带去，还有书一封，是给你家元帅的。"牛皋收了表叩头辞别，上马就走了。

这天正走着，忽然下起大雨，牛皋望见前面有一座王殿，就命众军士把粮车推进殿内躲雨。这殿是汝南王郑恩之后郑怀的府第。郑怀闻报道："哪个如此大胆，敢来这里撒野？"提了大棍走到殿前。牛皋见来得凶，以为是抢粮的，举锏就打，郑怀抡棍招架。打了四五个回合，郑怀一把擒住牛皋，绑了起来。

牛皋大怒，大骂道："连岳元帅的军粮都抢，真是无耻小人！"郑怀道："你也该早说个明白。"慌忙来解了绑，二人互相道了名姓，郑怀设宴，与牛皋结拜为弟兄。郑怀收拾了行李，就和牛皋一起押运军粮。

这天走到一座山边，山上忽然拥出五六百喽罗，为首一个少年，要夺粮车。郑怀上前与他大战，牛皋见他身手非凡，就喊住了二人，劝道："你如此武艺，何不归顺朝廷，随我到岳元帅帐前效力，岂不比在这里做强盗好？"那将欣然同意，道："小弟是东正王之后，姓张名奎。"牛皋道："军粮紧急，你快收拾山寨与我们同行。"张奎依言而行，收拾了山寨，和牛皋郑怀一起护粮前行。

又一日，来到一个地方，军士报说："前面有四五千人马挡路，不知是何处兵马。"牛皋率领众人上前询问，为首的小将并不答话，举枪上来迎战，那人好本事，牛皋三人都战不过他。

> 这里设下悬念，拦路小将并不通报姓名，而是先展示武艺，与牛皋三人大战一场，吸引读者思考他的身份，然后再揭示他的身份，解开疑团。【巧设悬念】

正在慌忙时，那人跳出圈子外，叫声："停手！"那人下马道："我乃开平王之后，姓高名宠。听说皇上被困牛头山，奉母命前来保驾，今日幸得相会，特来献献武艺。"牛皋大喜，当时就与高宠并了队伍，结为兄弟。高宠在前开路，牛皋三人押后，往牛头山进发。

兀术大兵已到了牛头山，粘罕报告了情况，兀术道："我们分兵困住此山，绝了他的粮草，定能取胜。"于是团团围住牛头山，水泄不通。牛皋等人到了牛头山，高宠望见番营有十余里，就对牛皋道："小弟在前开路，兄长保住粮草，一齐杀入。"牛皋点头，使叫郑怀、张奎左右护住，自己押后。

高宠一马当先，拍马挺枪，冲入番营，如同砍瓜切菜一般，打开一条血路，

> 这里一连串的描写十分精彩，兀术大兵已到，但高宠和牛皋等人连着冲破番营，杀出一条血路把粮草护送上山，其英武不用多言，人所共知了。【场面描写】

不多时就杀死了四五员番将，再加上郑怀、张奎两条枪棍，牛皋一对锏，杀得番兵尸如山积，血流成河，冲开十几座营盘，往牛头山而去！兀术无法，只好让他们去了。

岳飞在山上听说牛皋押粮已到，踹破番营上山来了，喜得高呼："皇天保佑，天子洪福！"牛皋上了荷叶岭，让高宠等人等候片刻，自己先来见元帅，将刘光世的本章和文书送上。岳飞吩咐给牛皋上了功劳簿，牛皋道："哪里是我的功劳，亏得新收了三个兄弟：一个叫高宠，一个叫郑怀，一个叫张奎。他们本事高强，冲开血路，保护粮草，才能上山。现在看守人马粮车，在岭上等候。"岳飞道："快请相见！"

岳飞将粮草收好，问了三人家世，奏明了皇上，又引他们朝见了高宗。高宗问李纲道："该封何职？"李纲奏道："暂封他为统制，待太平之日，再袭祖职。"高宗依奏封赏，三人一齐谢恩而退，同元帅回营。

牛皋上来禀道："这三个兄弟，可与我同住。"岳飞应允了："既然粮草已到，就准备择日开兵，与兀术打仗。"

·品读与欣赏·

这一章前半段写高宗君臣匆忙逃命，历尽千难万险逃到了牛头山；后半段写岳飞赶到牛头山护驾，派牛皋去相州催粮的经过。文章写高宗逃命，真是处处充满危机，紧紧抓住读者的注意力；写牛皋催粮，也紧紧抓住"紧急"二字，从牛皋冲破番营下山，到提前赶到相州，再到押着粮草回牛头山路上的急迫，都紧扣这两个字，把牛皋的急切心理和军情的紧急表现得十分到位。

·学习与借鉴·

1.情节紧凑：这一章从一开始就充满紧张的气氛，兀术五路进兵，还没到长江边就急死了大将宗泽，岳飞又远在湖广，远水解不了近渴，情况已十分危急，本以为长江天险可以抵挡一阵，但守将杜充又献了长江，把金陵送到兀术手中。紧接着是高宗的逃亡过程，一路上经历了各种危险，最终才逃到了牛头山。此时岳飞等已听到消息，也赶到牛头山，情节才稍微缓和下来。然后牛皋催粮，金兵围山，使文章显得紧张而引人入胜。

2.内容充实：本章的内容非常丰富，以“高宗逃命”和“牛皋催粮”为主题，在叙述的过程中又加入了呼延灼、张邦昌、郑怀、张奎、高宠等人，个性鲜明，推动了情节的发展，增添了文章的可读性。

第二十章 高宠枪挑铁滑车 岳云离家遇关铃

第二天，岳飞升帐，商议命人下山去下战书。牛皋站出来说："末将愿去。"岳飞怕牛皋杀了太多番兵，兀术怀恨在心，不放他生还，就带弟兄们送到半山，劝牛皋小心。牛皋浑不在意，辞别众人独自下山，让人通报后见了兀术，奉上战书。兀术决定三日后决战，他看牛皋是个不怕死的英雄，就请他喝了酒送他出来。牛皋喝得大醉，谢了兀术，转身回牛头山来。众人见了都十分欢喜，岳飞又给牛皋记了一功。

岳飞派牛皋、王贵到番兵营中抢猪羊来祭旗，二人无法，杀了两个番兵拖上山去权充猪羊。兀术气恼，却无法擒到宋兵，就杀了跟在营中的张邦昌、王铎两人祭旗。他二人当初在武场对天立誓道："如若欺君，日后在番邦变作猪羊。"今日果然应验了。祭过了旗，小番来报道："元帅哈铁龙送'铁滑车'到了。"兀术传令，叫他带领本部军兵，在西南方埋伏，哈元帅得令而去。

第二日，岳飞与兀术开战，打了一天不分胜负，岳飞怕山上的高宗有失，就鸣金收兵，来日再战。哪知高宠想道："元帅与兀术交战未分胜败就回了山，必是兀术武艺高强，待我去试试。”上马抡枪就下山来。兀术正冲上来，劈头撞见了，高宠劈面一枪，兀术抬斧招架。高宠把枪一拎，斩断了兀术的头发，吓得兀术魂不附体，回马就走。

高宠随后赶来，撞进番营，直杀得番兵叫苦连天，悲声震地。杀到下午，高宠正要回山，望见西南角上有座番营，以为是金兵的粮草，就拍马抡枪冲了进去，想要烧了番兵粮草。小番慌忙报告哈元帅，哈铁龙吩咐快把“铁滑车”推出去。高宠见了，不知是什么东西，就把枪一挑，将一辆“铁滑车”挑过头去。后边接连着推来，高宠一连挑了十一辆。到得第十二辆，高宠又是一枪，谁知坐下那匹马筋疲力尽，口吐鲜血，把高宠掀翻在地，被“铁滑车”碾得血肉模糊了。

哈铁龙捡了尸首，来见兀术，兀术吩咐再去整备“铁滑车”，叫小番在营门口立一高竿，将高宠尸首吊起。此时岳飞等正在打听高宠下落，忽见番营吊起一个尸首来。牛皋远远望见，叫声：“不好！”就冲下山去。那岳飞怕他有事，忙令张立、张用、张保、王横四人飞步下山，再命何元庆、余化龙、董先、张宪速去救应。众将得令，一齐下山。

牛皋一马跑到营前，把挡路的金兵杀得东倒西歪，来到尸首前，砍断旗杆，抱住一看，大叫一声，翻身跌落马下。此时张宪等四员马将、张立等四员步将一齐赶来，杀退番兵。王横扶牛皋上了马，张保将高宠尸首背在背上，转身就走。兀术在后追赶了一阵，收兵回营去了。

牛皋上山后大哭不止，连晕几次。众将人人泪落，个个心伤。高宗传下圣旨："高将军为国亡身，将朕衣冠包裹尸首，暂且埋在这里，等太平时送回安葬。"岳飞又命汤怀住在牛皋帐中，早晚劝他不要过于伤心。汤怀领令，自此就在牛皋帐中同住。

一天，兀术在营中思量破岳家军的计策，军师道："我有办法。岳飞是孝子，他的家小现今住在汤阴。我们去捉了他母亲，不愁他不投降。"兀术闻言大喜，就命元帅薛礼花豹同牙将张兆奴领兵五千，前往汤阴，捉拿岳飞家小。

岳飞家中，岳云已长到十二岁，出落得威风凛凛，加上天资聪明，没有先生能教得了他，就一直自学父亲的兵书，练习武艺。他惯用一对银锤，足有八十二斤，天天思念父亲，想着帮爹爹上阵杀敌。

转眼间又是一年，岳云十三岁了。一日，忽见家将跑来报说："不好了！有无数番兵来捉我们家属，离此不远了！"全家上下十分惊慌，只有岳云道："待我去把番兵杀得干干净净。"连忙披了衣甲，提了双锤，带了一百多名家将，一路迎来。走了不到三里路，正遇上番兵。岳云抡动双锤杀死了金兵主帅，又赶上去，打死无数番兵。恰好刘都院前来接应，遇着番兵败下来，领兵大杀一阵，把番兵杀得尽绝，没逃走一个。

岳云自此知道父亲在牛头山护驾，就想前去。老夫人不许，岳云就留了一封信，自己开了大门，提锤上马，一溜烟走了。老夫人一见了信，忙命四五个家丁带了盘缠行李，往牛头山一路追去。

岳云一路走了四日四夜，不想走岔了路，来到了山东牛头山，只好问明了往湖广牛头山去的路，拍马抄小路赶去。走了十来里路，胯下的马不行了，岳云急道："我的马落了膘了！要到湖广去不知有多少路，这怎么办！"正想着，只听前面马嘶，转出一匹火红的马。

岳云大喜，正要上前去，抬头看见一个小孩，十二三岁年纪，手中擒着一只猛虎。岳云想这马恐怕是他的，得要过来，就说："你杀了我养的虎，就把这匹马赔了我罢。"那孩子听了，笑道："虎怎能养得？你是想要我这匹马，来哄我的！"就拿出一口刀来，说："若赢了我，马就给你。"岳云听了，提锤上马。两人在山坡下，战了四五十回合，未分胜负。孩子说要回去吃饭，明日再战，就把刀留给岳云做凭证，自己拍马走了。

岳云无法，就在林中过夜。不想前头庄上有一位员外路过此地，见了岳云，听说他是岳飞的公子，就请他到自己家去过夜。岳云无法，就提了刀锤，带了马，跟着员外到了庄上。见礼已毕，员外吩咐备酒款待。岳云请问老丈名号，员外道："老汉姓陈名葵。白天比武的，就是我的外甥，名叫关铃，是大刀关胜之子。"叫下人说："请大爷出来，与公子相见。"关铃走出来，见了岳云便道："舅舅，他是拐子，想要拐我的马。"员外道："胡说，这位岳云是岳飞元帅的大公子，还不快来见礼！"关铃听说十分欢喜，两人见过了礼，重新入席饮酒。

岳云就与关铃结为兄弟，当夜尽欢而散。第二天，员外细细写了牛头山的路程图，又取出金银赠给岳云作盘费，岳云感激不尽，关铃把赤兔马牵出来赠给岳云。公子拜辞了员外，拍马加鞭，上路而行。到了下午，来到一个地方，树木丛杂，十分难走。

不想马匹一歪，掉入陷阱之中，两边立刻伸出几把挠钩来捉岳云。岳云大吼了一声，赤兔马猛然一纵，跳出了陷阱。岳云舞动双锤，将挠钩打开，拍马就走。这挖陷阱的强盗是刘豫第二个儿子刘猊，因兀术杀了他全家，他逃出命来在这里落草。他见了岳云的赤兔马十分喜爱，就上马提刀，带领喽罗赶着岳云追了上来。

·品读与欣赏·

这一章续接上文，描绘了宋金两国开战的一些情景，重点表现了英雄高宠的战无不胜、英勇无敌，以及最后惨死在“铁滑车”之下的情节。下半部分话锋一转，转而写岳飞之子岳云到战场上投奔父亲的经过，中间穿插了因高宠之死而伤心欲绝的牛皋形象和虽然年纪小但武艺高强的关铃的事迹，让读者读来感慨万千。

·学习与借鉴·

1.人物传神：这一章重点刻画了高宠、岳云两员大将，他们的形象个性丰满、有血有肉。高宠艺高人胆大，在番营中来去自如地冲杀，都显示出他的英勇无敌，但他最后惨死在“铁滑车”之下也令人慨叹，空有勇猛，不用头脑是不会常胜的。岳云的性格更是初生牛犊不畏虎，他敢闯敢拼，一心要离家帮助父亲建立功勋，既勇敢坚强又小有计谋，令人十分期待他在战场上的表现。

2.过渡自然：这一章分为两个部分，第一部分主要是写高宠枪挑“铁滑车”，第二部分主要写岳云离家奔赴战场。这两部分看上去毫无关联，但作者用自然的过渡句把这两部分连接成有机的整体。文中写因为岳飞帐下有太多像高宠这样的猛将，金兵一时无法攻上牛头山，又不时损兵折将，才派人去抓岳飞的家人，这触动了岳云早就想离家的雄心，引得他私自离家上牛头山来，过渡的手法十分精巧。

3.埋设伏笔：文中多处设下了伏笔，使文章看上去情节完整而生动。一开篇写“铁滑车”到了，就为高宠枪挑“铁滑车”设下了铺垫；接着写兀术派人去捉拿岳飞的家小，就为岳云的出走埋下了伏笔；最后写刘猊想要岳云的赤兔马，一路尾随，既照应了前文的刘猊幸免，又暗示了下文刘猊的结局，伏笔的作用可见一斑。

第二十一章 打死刘猊偶定亲 岳云首战杀金将

岳云一路而来，天色将晚，又走了一程，望见一座大庄院，上书“巩家庄”三字，就上前求宿一晚。庄丁道：“我家老爷已经安睡了，就请你在门房休息。我家后头也有牲口，我取些料来喂你的马就是了。”岳云再三称谢，就在门房内坐下休息。

刘猊领着喽罗一路追来，不见了岳云，看看天色已晚，便问道：“前面是哪里？”喽罗禀道：“是巩家庄。”刘猊想道：“我早想抢他的女儿做押寨夫人，不如打进庄去。”吩咐一声：“给我打！”庄丁听到喊声，急忙报知庄主。庄主慌忙聚集庄丁，出庄抵敌，正在危急时，惊动了岳云。岳云手抡双锤，走出来大喝道：“强盗往那里走？”举锤就打。刘猊没有提防，这一锤就打死了。众喽罗见刘猊已死，吓得四散逃走。岳云追上去，又打死了五六个喽罗。庄主巩致大喜，忙上前迎接，同进庄来。

> 这一段是岳云的动作和语言描写，他自幼受父亲教化，最是嫉恶如仇，干净利落地结果了刘猊的性命，这样的描写生动地表现了岳云的性格特点。【人物描写】

到了堂上坐定，巩致道：“恩公救我一门性命，还望留名，日后好补报。”岳云道：“我是岳元帅的长子岳云。”巩致连称：“失敬！”忙命人备酒席相待。巩致的妻子见了岳云，十分称心，就对员外说：“我意欲招他为婿，你道如何？”巩致出门对岳云说了，岳云推辞不过，只好同意。员外道：“需要公子一件信物为定。”岳云就取出常常带在身边的十二文金太平钱来，递给员外做定亲之物。第二天，岳云别了员外，往牛头山而去。

此时牛头山上，正是中秋佳节。高宗心中烦闷，不觉流下泪来。李纲见圣上忧伤，再三劝解不住，就劝圣上出门赏月，排解烦闷。于是君臣二人出了玉虚宫，往荷叶岭来。守将阻止不住，只好来报告元帅。哪知番营中兀术看见月明如昼，也同军师出来看月色，在山下听见荷叶岭上有人说话，是康王的声音，便命军师回营发兵，自己上山来捉高宗。

这一句交代了时间背景，还间接推动了情节的发展，使下文兀术上荷叶岭抓康王的情节合情合理。【推动情节发展】

高宗正在山上骂兀术，兀术已悄悄上山来，突然出现在荷叶岭上。高宗、李纲见了，吓得魂魄俱消，转马便跑，兀术随后追赶。守将见了，一起迎上前去护驾，并命人去报告元帅。

元帅大惊，步行出帐来接，早有张宪拍马上来，一枪往兀术脸上刺来。兀术叫声：“不好！”把头一侧，那枪把他一只耳朵挑开了。兀术惊慌，转马败下山来，张宪追赶下来。岳飞赶来正遇着高宗，赶忙保着高宗回了玉虚宫。再说张宪追赶兀术，紧紧不放，一直进了番营。张宪追杀了一会，直到二更时分，才转回牛头山报功。

> 这一段描写从侧面烘托出牛皋的重情重义，高宠死后，牛皋伤心欲绝，已过了多日仍睡在高宠坟边，足见不舍的心情。【侧面描写】

此时牛皋睡在高宠坟上，听得山下一片杀声，也起身上马，杀了下去。他一直冲入番营，打得兀术肩膀受伤，回马便走。众番兵围上来，顿时把牛皋困住了。

再说岳云来到牛头山，见番营连绵不绝，就拍马摇锤，大喝一声："岳云公子来踹营了！"举锤便打。番兵急忙报告兀术，兀术大怒，催马来与岳云交战。岳云一锤打伤了兀术，兀术败走，岳云也不追赶，只是一路打杀番兵，打得尸如山积、血流成川。打到前面，只见番兵围住牛皋厮杀。岳云手起锤落，打散番兵，和牛皋一起杀出番营，回到山上。岳飞见了岳云，忙叫他与众位叔父见礼，然后问道："你不在家中读书用功，怎么到了这里？"岳云便将番将来捉家属、被自己杀退之事禀报了。岳飞又问他一路上来的事，岳云又把错走山东、相会关铃、打死刘猊、聘定巩氏之言，一一禀上。岳飞听了点点头，让岳云下去安歇。

> 这一句借岳飞的吩咐来阐述宋兵下一步的计划，承上启下地表明了接下来岳飞等人的行动方向，起到了很好的过渡作用。【承上启下】

第二天，元帅对岳云道："为父令你往金门镇傅总兵那边下文书，叫他即刻发兵来破番兵，保圣驾回金陵。此事要紧，限你日期，你要小心前去！"岳云领令，接了文书，辞父出营。他坐上赤兔马，手抡双银锤，下荷叶岭而来，催马到粘罕营前，手摆双锤，大喝道：“小将军来踹营了！”举锤便打，杀进番营。

小番慌忙报知粘罕，粘罕闻报，立即上马来迎敌，正遇着岳云。他举起流星锤，一锤打去。岳云左手烂银锤一架，右手一锤，正中粘罕左臂，粘罕负痛，回马便走。岳云也不追赶，杀出番营，直奔金门镇而来。

不一日到了傅总兵衙门，到内堂见了总兵，岳云送过文书。总兵看了，便道：“请公子明日起身，待我各处调兵来保驾。”岳云就住下了。

第二天早上，傅总兵送走岳云，就往校场整点人马，遇见了一个花子模样的人，力大无穷，总兵欣喜，就问他身世，那人道：“小人是平西王狄青之后，名叫狄雷。”傅总兵见他是名门之后，就命他做先锋。等傅总兵挑选人马已毕，就带着狄雷一起到牛头山救驾。

再说粘罕几乎被岳云打死，败回帐中坐定发愁。正在此时，忽报“二殿下完颜金弹子到，在营外等候。”粘罕大喜，唤进来同见兀术。完颜金弹子是粘罕的次子，使两柄铁锤，有万夫不当之勇。他见天色尚早，坚持要去讨战，兀术就令他带兵去山前讨战。

这里采用插叙的手法，交代了完颜金弹子的来历和本事，并交代清楚他和岳云相同，也是用锤的，这就引起了读者的兴趣，设下了金弹子和岳云相遇的悬念，推动情节向下发展。【叙述手法多样】

岳飞闻报有番将来讨战，就派牛皋去迎战，互通了名姓，双方开打。几个回合下来，牛皋不敌，败下阵来。元帅见金弹子如

此厉害，就亲自下山观瞧。那金弹子在山下，手抡双锤，连战了余化龙、董先、何元庆三员大将，兀术怕他远来还没休息好，就鸣金收兵，召他回来，待明日再战。金弹子回营谢了恩，一家人在帐中饮酒。

到了第二天，兀术命金弹子带兵到山前讨战。岳飞命张宪领令下山，与金弹子会战。二人在山下大战有四十余回合，张宪不敌，只得败回山上，来见元帅。元帅无奈，令将“免战牌”挂出。金弹子不准免战，只是喊骂，岳飞只得连挂七道“免战牌”。兀术见了大喜，又和金弹子同去看了“铁滑车”。

再说岳云送文书回来，打进粘罕营中，一阵冲杀来到半山之中，忽见挂着七道“免战牌”，暗道：“想是怕事的瞒了爹爹，偷挂‘免战牌’在此，岂不辱没了我岳家的体面！”当下大怒，把牌都打得粉碎！回到山上，见了岳飞，交了傅总兵的回书。岳云禀道：“孩儿上山时，见挂着七面‘免战牌’，不知是何人瞒着爹爹，坏我岳家体面，孩儿已经打碎。望爹爹查出挂牌之人，以正军法。”岳飞大喝：“‘免战牌’是我所挂，你已破军法，拉出去斩首。”

众人都劝，元帅只是不依，牛皋道：“末将有一言告禀。”元帅道：“讲来。”牛皋道：“元帅可让公子与金弹子交战，若得胜回来，将功折罪；若杀败了，再正军法。”岳飞就命岳云去退敌。

这里的语言描写体现出牛皋的灵活头脑和诙谐性格。在军营中，牛皋敢于说话，他粗中有细，有些事情想得十分明白，帮了岳飞许多忙，实在是一员福将。【语言描写】

岳云披挂上马，牛皋送出来道：“侄

儿，我教你一个法儿，今日与金弹子交战，若得胜了，不必说；倘若输了，你竟打出番营，逃回家去见老夫人，自然无事。”岳云点头称谢，叔侄一起来到阵前。岳云一马冲下山来，金弹子大喝道，“来将通名！”公子道：“我乃岳元帅公子岳云。”金弹子道：“正要擒你，不要走！”举锤便打，岳云提锤便迎。二人战有四十多个回合，不分胜败。岳云暗想：“怪不得爹爹挂了‘免战牌’，这小番果然厉害！”又战到八十余回合，渐渐招架不住。

牛皋看见了，心中着了急，大叫一声：“侄儿不要放走了他！”金弹子以为是后边兀术叫他，回头观看，却被公子一锤打中肩膀，翻身落马。岳云拔剑上前取了首级，回山来见元帅。岳飞就免了岳云之罪，命把金弹子首级挂在营前。

金兵只抢回一个没头尸首，众王子见了，都放声大哭。兀术命雕匠雕个木人头凑上，用棺木成殓，差人送回本国去了。兀术向军师问计策，军师道：“臣已计穷力尽，只好整兵与他决一死战了。”兀术愁闷，在营中苦苦思索。

·品读与欣赏·

这一章写高宗皇帝到荷叶岭赏月，险些被金兀术抓到，恰好岳云赶到，众人又在番营中大闹了一场，才回到山上。接着岳飞命岳云去下文书、搬救兵，岳云完成任务后回到牛头山，打破免战牌、锤杀金弹子，立下了第一个战功。全篇以岳云的行踪为主线，重点写出了他的勇敢和本领高强，由于有他的介入，金兵的围攻更加困难，他出入金营如入无人之境，更突出了岳家军的所向无敌。

·学习与借鉴·

1.人物形象生动：这一章生动形象地塑造了岳云、牛皋、金弹子等一系列人物的形象，岳云的初生牛犊不怕虎、敢想敢干；牛皋的至真至情、情深意重；金弹子的艺高胆大、异常勇猛，都在本章中得到了充分的表现，令人读来如见其人、如闻其声，更是随着人物命运的发展为他们或悲或叹、或喜或忧。这些有血有肉的人物形象增添了文章的光彩，引人入胜。

2.结构完整：这一章承接前一章的内容，从杀死刘猊开始，以岳云的行踪为主线，把故事情节用连贯、生动的笔墨娓娓道来，情节紧凑，环环相扣。从闯番营救牛皋到下牛头山搬救兵，又从回山打碎免战牌引出责罚，从而上阵锤杀金弹子，一步一步，丝丝不乱。完整的结构让人了解了完整的故事情节，从而明白作者想表达的深意。

第二十二章 韩公子闯关斩将 牛头山大破金兵

再说到韩世忠与夫人梁氏，公子韩尚德、韩彦直，在汝南征服了曹成、曹亮等人，收了降兵十万，由水路开船来到汉阳。汉阳离牛头山只有五六十里地面，韩元师与夫人商议已定，要派人到牛头山去询问岳飞的部署。韩元帅写了本章和一封信，派自己的次子韩彦直去，吩咐他：“到元帅跟前，要小心相见。”公子往牛头山来，走了有二十余里，只见一人败下来。看见了公子，便叫：“小哥！快逃，后面有番兵杀来了！”韩彦直一笑，还没答话，粘罕已追到跟前了。彦直把枪一摇，当心就刺，一连几枪，粘罕招架不住，正要逃走，被公子一枪挑下马来，取了首级。

那位宋将下马走到公子马前，深鞠一躬道：“多蒙小将军救命！请问贵姓大名？”彦直连忙回礼，那将道：“我是藕塘关总兵，姓金名节。奉岳元帅将令，来此保驾。到了番营门首，遇着这番将，战他不过，逃败下来。”公子道：“我叫韩彦直，奉父亲两狼关韩元帅之令上山去见岳元帅。”金节道：“原来如此。我已无颜去见天子，有本章一道，还有家信一封与牛皋，请公子带去，我扎营在此候旨。”公子点头，接了本章、家信，把粘罕的首级挂在腰间，别了金节，往牛头山而来。

来到山下，韩公子一马冲进金营，摇动手中银杆虎头枪，风驰电掣一般杀出番营，上牛头山而去。番兵忙报知了兀术，兀术听说伤了粘罕，又惊又苦。一面差人打探，一面去收拾粘罕尸首。

彦直来到元帅帐中，行礼毕，便呈上了本章、书信和粘罕的首级。岳飞大喜，随即引公子来到玉虚宫朝见高宗，奏明了彦直的功劳，高宗就下旨复还韩世忠原职。韩尚德、韩彦直都被封为平虏将军，高宗命他们去夺取金陵。韩公子谢恩，辞驾出宫。韩彦直要即刻回营，岳飞就命岳云送韩彦直下山。

到了山下，彦直道：“请公子回山。”岳公子决意要送出番营去，就把双锤一摆，一直杀出大营。韩彦直随后出了番营，见岳云勇猛，就想显显本事，向岳云说：“待我送公子回山。”说完拍马冲进番营，如入无人之境，很快来到山下。岳云又把彦直送出营外，送来送去之间杀伤了许多金兵。岳云道：“难得我二人意气相投，不如结为兄弟。”二人就向树林中去，下马来，对天八拜。韩公子年长为兄，岳云为弟。韩彦直打马回营，岳云又杀到山上，把结拜的事报告了父亲。

韩公子回到汉阳，见了父亲，禀明圣意，又把与岳云结拜之事禀知元帅夫人，就命兵船往金陵进发。

一天，有探子来报：“留守宗方杀破曹荣等奸贼，威镇金陵，特来报知。”元帅问梁夫人道：“如今该怎么办？”夫人道：“我们将大小战船在狼福山扎住，阻住兀术之路。”元帅依言，就地扎下营寨。

听说金山上有个高僧，法名道悦，能知过去未来。二人就到山上去问卜。禅师给了元帅一个锦囊，上边写道：

老龙潭内起波涛，

鹳教一品立当朝。

河虑金人拿不住，

走马当先问路遥。

二人看了，都不明白，一面操练兵马，一面打探牛头山的消息。

牛头山上，各路勤王兵都已到了，张浚领兵六万，刘倚领兵五万，四川吴玠、吴璘兄弟统兵三万，还有定海总兵胡章，象山总兵龚相，藕塘关总兵金节，九江总兵杨沂中，湖口总兵谢昆，各处人马三十余万，都在四面安营，等待决战。兀术闻报，派探子去查看退路，传令下去“若交战，胜则前进，若败了，只能往正北退兵。”因为探子回报，正北方没有宋兵把守。

岳飞传令以大炮为号，领着众将从四面八方杀了下来。这场大战杀得番兵人尸满地，马死遍野。岳飞把圣上和众大臣交给张浚和刘倚，自己率军去追赶金兵，从辰时一直杀到半夜，杀得番兵四散败走，哀号不休。

岳飞追着兀术，一直追到金门镇，有傅总兵的先锋狄雷在此截杀番兵。番兵被狄雷杀伤大半，岳飞赶到，也不及理会狄雷，只是紧紧追赶兀术。兀术只顾北逃，很快来到江口，前有大江，后有追兵，急得兀术哇哇大叫。军师忽见江上一支船队打着金兵旗号，原来是杜充、曹荣的战船，被宗方杀败，正驾船逃走，听见呼唤，急忙赶来。兀术等人上了船，但船少人多，许多番兵无船可坐，被追兵杀死的不计其数。

岳飞兵马追到了汉阳江口，差人找寻船只，好渡江去追拿兀术，忽有探子进来报韩元帅扎营在狼福山下，已阻住兀术去路。岳飞叫过岳云，吩咐道："你引兵三千，守住天长关。如果兀术来了，就擒住他。"岳云得令而去。岳飞大队人马，自回潭州。

兀术在长江岸边，看见北岸有韩元帅扎营，不能过去，查点船只数目，只有五六百号，计点番兵，不上四五万，不禁伤心慨叹，痛哭起来。众人都劝，才止住悲声。

兀术见韩世忠的大营十分整肃，暗想："我不过五六百号战船，怎能过去？"军师献计说，要派人到韩营去打探一番。不料韩元帅见金兵屯扎在黄天荡，就料定兀术必然上金山偷看营寨，就令副将苏德引兵一百，埋伏在龙王庙里。若望见有番兵到来，就擂起鼓来，引兵冲出。苏德领令去了；元帅又命彦直道："你也带领健卒一百，埋伏在龙王庙左侧，听得塔上鼓响，便引兵杀出来擒住番将，不可有误！"二公子领令去了；又命大公子尚德领兵三百，驾船埋伏在南岸："若听江中炮响，可绕出北岸，截他归路。"大公子也引兵去了。

兀术到了晚间，同军师哈迷蚩、小元帅黄柄奴三人一齐上岸，悄悄来到金山脚边。番将何黑闼已带领番兵，整备小船伺候。兀术三人上了金山，到了龙王庙前立定一望，正要观看宋营，苏德早在塔顶上望见他们了，他见后面几百番兵远远随着，便叫道："元帅真是料敌如神！"立刻擂起鼓来。

庙里这一百兵一声呐喊，杀了出来。韩二公子听得鼓响，也引兵杀出。兀术三人心惊胆颤，正要勒马回去，忽然韩彦直飞马大叫："兀术往哪里走？快快下马受缚！"三人急忙逃跑。不料山路不平，一人坐马失足，连人掀下。彦直举枪便刺，兀术举起金雀斧劈面砍来，救出那人，与二公子大战。众番兵连忙下山逃走。何黑闼接应上船，一阵风似的开走了。正在此时，大江中一声炮响，韩尚德放出小船来追赶，却已去远了。二公子在山上与兀术战不上七八回合，一手把兀术擒过马来，下船回营。

此时天色大亮，韩元帅命把兀术推上来。元帅向下一看，原来不是兀术，就大喝道："你是何人？敢假冒兀术！"那将道："我是金国元帅黄柄奴。军师防你诡计，命我假装太子模样。今既被擒，要砍就砍，不必多言。"元帅道："将他囚禁后营，待我擒了真兀术，一齐杀了。"又对二公子道："你中了他'金蝉脱壳'之计，今后须要小心！"公子连声领命。

·品读与欣赏·

这一章重点写各路援兵都到了牛头山，众人齐心合力大破金兵的情节。从韩彦直闯金营上山送信开始，各路宋军就已经进入了战斗的准备。文中描写双方战前的心态，岳飞一方是士气高涨，摩拳擦掌，兀术一方却是四处打探退路。交战一开始，宋兵如狼似虎，金兵不敌，从原定方向败走，被岳飞等人在后追赶，十分狼狈。这一次又打破了金国图谋中原的阴谋，虽然没有抓到兀术，却伤了两位金国皇亲，令人读了信心大振。

·学习与借鉴·

1.语言风趣：文章描写韩彦直和岳云互相送进送出，几次杀出番营时用语十分风趣。二人都十分年轻，都莽撞而好胜，不落人后，想各显本事让对方看看，才有这一番作为。也从侧面烘托出韩、岳二人的威风和本事非凡，让读者在欢笑中读出他们的性格特征，为文章增添了趣味性。

2.情节紧凑：本章的主要内容是“牛头山大破金兵”，围绕这个主题，作者先详细介绍了各路援兵的准备情况，然后交代了双方战前的心理，接着就是开始打仗，金兵战败溃逃，宋兵在后追赶，一直追到韩元帅的守地，由韩元帅接手继续杀敌。这些情节一环扣着一环，结构完整，前后安排合理，紧紧抓住读者的兴趣，吸引读者一气呵成，继续阅读。

第二十三章 黄天荡击鼓退敌 老鹳河兀术逃生

韩元帅因兀术跑了，退回后营闷闷不乐。梁夫人道："金人多诈，今晚必然来厮杀。我们要分开军政，将军分调各营，四面截杀。妾身安排守御，以防冲突。任他来攻，只用火炮管箭守住，不与他交战。他见我不动，必然渡江，可命中营大桅上立起楼橹，妾身亲自在上击鼓。中间竖一白旗，将军只看旗为号，鼓起则进，鼓住则守，白旗还可指示方向。"韩元帅听了大喜，忙依计而行。

夫妇二人商议停当，各自准备。一切准备妥当，梁夫人爬到桅杆上，将番营的动静看得一清二楚。兀术粮草不足，果然急于回北方，就令大元帅粘没喝领兵三万，战船五百号，挡住焦山大营，又调小船由南岸过去，争取旱路。

番兵都想逃出去，到了三更，众军饱餐已毕，就以胡哨为号，二万番兵驾着五百号战船，朝焦山大营进发。金山下宋兵哨船早已探知，报入军中，梁夫人在军中严阵以待。番兵到了山下，一起呐喊，宋营中却默然无声。兀术正在后边船上惊疑，忽听得一声炮

> 番兵前来攻营是梁夫人意料中的事，所以宋军早有准备，在梁红玉的指挥下，宋兵杀得番兵大败，从侧面烘托出梁夫人用兵如神，指挥得当。【侧面描写】

响，箭如雨发，又有大炮打来，把兀术的兵船打得七零八落，兀术慌忙往北逃去。

梁夫人在高桅之上看得分明，立即挂起灯球指示方向。韩元帅与二位公子率领众军照号旗截杀，韩尚德从东杀上，韩彦直从西杀来。三面夹攻，番兵溺死的、杀伤的，不计其数。这一阵杀得兀术上天无路，入地无门，又败回黄天荡去了。

黄天荡是江里的一条水港，无路可通，韩元帅见兀术败进黄天荡去，不胜之喜，举手对天道："真是圣上洪福齐天！只要把江口阻住，不到数日，兀术粮尽饿死，就不战而胜了！"即忙传令，命二公子同众将守住黄天荡口。

韩元帅打了胜仗，犒赏三军，守住黄天荡口。而兀术大败，只剩不到两万人马，这就把情节从战争转入兀术逃走上了，起到了很好的过渡作用。【承上启下】

宋军打了这个大胜仗，个个欢天喜地，韩元帅也因得了大胜，心内十分欢喜，十分感谢夫人的义举。再说兀术大败之后，剩不到二万人马，四百来号战船，败入黄天荡，不知路径，差人探听路途，问过渔翁，才知道走错了方向，进了死路，心中十分惊慌。

兀术与军师等商议，哈迷蚩道："如今事在危急，狼主且写书一封，许他礼物与他讲和，他若不肯，再作商议。"兀术依言，急忙写书一封，差小番送往韩元帅营中。有旗牌官报知元帅，元帅传唤进来。小番进帐，呈上书札。元帅拆书观看，见是求和的信件，哈哈大笑道："兀术把本帅当作何等人！"写了回书，命将番兵割去耳鼻放回。小番负痛回船，报知兀术。兀术无计可施，只得下令拼死杀出。第二天，众番兵呐喊摇旗，驾船杀奔江口而来。

那韩元帅料得兀术必来夺路，早已下令：“若番兵出来，不许交战，只用大炮硬弩打去！番兵自然退去。”众将领令。那兀术带领众将杀出，只见守得铁桶一般，根本不能冲出。兀术还想讲和，但韩元帅坚持不肯。兀术见韩元帅不肯讲和，又不能冲出江口，只得退回黄天荡，心中忧闷，军师哈迷蚩见兀术忧虑，就献计让兀术写一张榜文，召有才能的人前来解围。

不几天，有小番来报：“有一个秀才求见，说有计策能从这里逃出。”兀术忙让请进来相见。那秀才进帐来，兀术出座迎接，让他上坐，便问有何计策。那秀才道：“此间往北十余里就是老鹳河，旧有河道可通，今日久淤塞。何不令军士掘开泥沙，引秦淮水通河？可直达建康大路！”兀术闻言大喜，命人把金帛送给秀才。秀才不受，也不肯说出姓名，飘然而去。兀术立刻传下号令，掘土引水。这些番兵都想逃命，一齐动手，只一夜工夫，掘开三十里，通到老鹳河中，抛了船，大队人马上岸，往建康而去。

> 这里的描写照应前文，正应了道悦和尚的偈语，让金兀术从老鹳河中逃走，解开了韩元帅心中的悬念。【前后照应】

韩世忠派人在江口守了十来日，不见金兵动静，往前探听，才晓金兵已逃走，慌忙报知元帅。元帅大怒，也明白了道悦和尚的偈语，那诗句头上按着“老鹳河走”四字。他心中愤愤，传令大军一齐起行，往汉阳江口驻扎，自己上表请罪。

再说兀术由建康一路逃到天长关，还没喘一口气，只听得一声炮响，三千人马一字排开。马上簇拥出一员小将，年方一十三岁，正是岳云，大喝一声："小将军在此已等候多时了！快快下马受缚！"兀术举起金雀斧，劈面砍来，岳云把锤往上一架，"当"的一声，那兀术招架不住，早被岳云拦腰一把擒过马来，那些番兵亡命冲出关去。可怜兀术几十万人马进中原，此时只剩得三百六十骑逃回本国。

一日，岳飞升帐，有探子来报："公子擒了兀术回兵。"元帅大喜。不一会，只见岳云进营禀道："孩儿奉令把守天长关，果然兀术败兵至此，被孩儿生擒来见爹爹。"岳飞命带进来，一看，原来不是兀术，大喝一声："你是何人？敢假充兀术？"假兀术道："俺乃四太子帐下小元帅高太保，今日被擒，要砍便砍，不必多言。"岳飞传令："绑去砍了！"岳飞对公子道："你在牛头山多时，怎不认得兀术？又被他逃去了？"于是叫左右："绑去砍了！"军士只得将岳云绑起，推出营来。

这里承接上文，表明兀术确实应了道悦和尚的预言，逃回金国去了，岳云抓住的是他的替身，解开了上文产生的矛盾，把情节推向另一边，暂时结束了战争。【叙述手法多变】

正好韩世忠来见岳元帅，到了营前，见绑着一员小将，问明情况就叫暂且住手，待见过元帅再说。岳飞闻报急忙出来迎接进帐。见礼已毕，坐定，韩元帅道："世忠方才进营，看见令公子绑在营外要斩，不知犯何军令。"岳元帅道："本帅令他把守天长关擒拿兀术，不想他拿了一个假兀术，故此将他斩首。"韩元帅道：

“金人多诈，加上天意不该绝他，不是令郎之罪，还是饶恕他吧！”岳飞道：“既如此，就饶了他吧。”于是，把岳云放还。两位元帅约定一起到金陵见驾。

世忠走水路，岳飞走旱路，不一日，到了金陵，三军扎营城外。岳元帅率领大小众将进午门候旨。高宗宣进，朝见已毕，个个封赏，君臣十分欢喜。

过了两日，临安节度使苗傅、总兵刘正彦，差官送奏本入朝。因临安宫殿完工，请驾迁都。高宗准奏，传旨整备车驾，选日迁都，众臣纷纷议论。李纲听了，忙进宫劝阻，高宗道：“金陵已被兀术攻破，只剩空城，难以久守。临安南通闽、广，北近江、淮，民多鱼盐之利，足以休兵养马。”李纲见高宗主意已决，料难挽回，就称病告老还乡。高宗本是个庸主，巴不得他要去，立即准奏。李纲也不通知众臣，连夜出京回乡去了。

岳飞闻得此言，也进宫阻止，高宗道：“金兵入寇，连年征战，生民涂炭，将士劳心。今幸兀术败去，孤家欲遣使议和，再图恢复，卿家不必多虑。”岳飞道：“陛下既已决定，臣已离家日久，老母现在抱病，望陛下赐臣还乡，侍奉老母。”高宗准奏。众将一齐启奏请求回乡，高宗各赐金帛还乡，岳飞和众将一齐谢恩退出。

高宗又怕韩世忠到京，谏他迁都，传旨封他为咸安郡王，不必来京，然后选了吉日，起驾南迁。百官纷纷保驾，百姓多有跟去的。不一日，到了临安，苗傅、刘正彦来迎接圣驾入城，送进新造的宫殿。高宗十分欢喜，传旨改年号为绍兴元年，封苗、刘二人为左右都督，就在临安安逸享乐起来。

·品读与欣赏·

这一章写韩元帅夫妻在黄天荡几次杀退金兵，金兵兵力所剩无几，但最终被兀术掘开河道，逃了性命，回到金国休养生息了。然后写韩世忠和岳飞一起保驾回到金陵，圣上执意迁都临安，李纲和岳飞劝阻无效，都告别朝廷回乡养亲去了。文章不着痕迹地表现了高宗宠信奸佞、昏庸无道，岳飞、李纲立下汗马功劳，为皇帝出生入死，却没有被重用，直接被放回故乡去了，读来令人觉得十分可悲。

·学习与借鉴·

1.过渡自然：由于本章内容丰富，情节曲折，文中多次用到过渡段。这些过渡段使全文情节连贯自然，前后联系紧密，并在一定程度上推动了情节的发展，吸引读者带着疑问继续阅读，是小说中常用的笔法。

2.人物传神：文中重点刻画了韩元帅的夫人梁红玉，她智计过人，勇敢大胆，巾帼不让须眉，是文中第一号女英雄。她分析军情条理清晰，安排战术丝丝不乱，在关键时刻指挥得当，韩元帅打的胜仗有一半是她的功劳。文中的梁红玉血肉丰满，个性鲜明，刻画得十分精彩。

第二十四章　秦桧归国藏险心　平叛杀贼收戚杨

兀术逃回本国，见了父王，自请罪责。老王怪罪兀术送了粘罕和金弹子的性命，军师哈迷蚩跪上奏道：“不是四太子无能，实在是岳南蛮足智多谋。”就把这次征战的经过原原本本地讲了出来。说到后来，老泪纵横道：“没有黄柄奴、高太保二人代死，四殿下亦不得归国啊！”老王闻言，才赦免了兀术。

兀术在府内天天想杀回中原。这一日，兀术与哈迷蚩商议，深感这次失败都是岳飞的原因，军师建议要找一个奸臣到宋朝做奸细，暗害岳飞等一班忠臣，到那时再进兵，必将战无不胜，并推荐了当年随二帝一起来的秦桧。兀术听了道：“真是好计策！”立刻派人四处去寻找秦桧。

秦桧夫妻二人，自从来到金国，同来的大臣死的死，被杀的被杀，只有他再三哀求，才留下一条命。两人就流落在贺兰山下，勉强度日。正巧一日，兀术到山上打围，来到贺兰山脚下，遇见了秦桧的妻子王氏，带回府中一问，才知道是秦桧的夫人，兀术就说：“久闻你丈夫博学多才，正要请他做个参谋。”立刻差人去接秦桧回府。

不多时，接了秦桧回来，兀术就命打扫干净房屋给他二人居住，十分善待他二人，秦桧夫妇拜谢不已。这样过了一年有余，一日，兀术说道："卿家若思念家乡，我会差人送你回国。"秦桧道："若能使秦桧回去一拜祖坟，实为恩德。"兀术道："这有何难！但是你要往五国城，讨二帝的诏书，才能进得中原。"秦桧大喜，别了兀术，往五国城去讨了诏书。

回到王府，兀术大排筵宴为他们饯行。第二天又带领一众文武送他们上路，一直送到潞州，兀术请二人在帐中摆酒送别。兀术道："进中原去，若得了富贵，可别忘了我！"秦桧道："臣夫妻二人若得了富贵，情愿把宋室江山送与狼主。"兀术大喜，命秦桧立誓之后，各自分别上路。

夫妻二人来到关下，与守关军士说明。军士去报与守关总兵，然后放他二人进关，又差人送到临安去见高宗。秦桧道："二圣有诏书给陛下。"高宗接承诏书，十分高兴，就降旨封秦桧为礼部尚书，妻王氏封了二品夫人。秦桧谢恩退朝，就此上任。

此时执掌重兵的是元帅王渊，他虽年过九旬，却忠心尽力，保扶社稷。一日升帐，王渊查点诸将，发现左都督苗傅、右都督刘正彦没在，一问，差官回报说："两位都督奉旨往西山打围，不能前来伺候。"王元帅无法，操演了一回兵马，正要回府，刚走到众安桥，就遇见苗、刘二人，醉醺醺带着几名家将骑马而来。

王渊大怒，将二人大骂了一场，回府去了。二人满面羞惭，无处申诉，心中深恨王渊。二人回到苗傅家中，苗傅对刘正彦道："王渊老贼，让我们当街出丑，此恨怎消！我想点齐你我部下，杀了王渊老贼，然后杀进宫中，捉了康王，与兄平分天下，共享富贵，不知尊意如何？"刘正彦道："此计甚妙！事不宜迟，出其不意，今晚就在王渊门首会齐。"二人商议已定，各自去准备。

到了三更时分，二人率领众兵，蜂拥到王渊府门前，呐一声喊，杀入府中。可怜王元帅不曾防备，一家九十多口都被杀害了。二人领兵转身，往午门而来，一直杀到大殿。高宗吓得满身发抖，躲入深宫。二人又杀入宫中，恰遇着刘正彦的堂侄女刘妃，见了苗傅道："将军不可惊了圣驾！可将康王留在宫中，逼他传位于太子。换了新君，众臣必来朝贺，那时将他们斩了，以绝后患，然后才能高枕无忧。"苗、刘二贼听了，大喜道："言之有理。"就写了一道假诏书，说康王传位太子，召岳飞还朝扶助社稷。

朝中尚书仆射朱胜非，见苗、刘二人如此行为，就修书一封，悄悄差家人朱义往汤阴报知岳飞，请他速来救驾。

岳飞返乡以来，先派人迎娶了巩氏小姐来与岳云成婚，一门共享家庭之福。不想老夫人身染重病，归天去了，岳飞就足不出户，在家守孝。众弟兄也都娶了妻小，十分快活。这一日朱义到了，急忙呈上书信。岳飞拆开看了，大吃一惊，忙细细写了回书，交与朱义，让他照此书中行事。朱义叩谢了岳飞，回临安报信。

岳飞又修书一封，叫牛皋、吉青二人送到润州给韩元帅，然后再到临安去，依计行事。二人领命，辞了岳飞，上马飞奔往润州而来。很快到了润州，二人直至后堂，见了韩元帅，将书呈上。韩元帅拆开看毕，十分吃惊，说道："你二位先行，照计行事，本帅即起兵，随后就来。"

二人别了韩元帅，飞奔往临安而来。牛皋先去叫门，拍马来到城下，高叫道："俺乃岳元帅部将牛皋，有要事要见苗、刘二位王爷。"那苗、刘二人正在巡城，见牛皋独自来了，就命人放他进来。牛皋道："岳元帅叫小将多多拜上二位王爷。"接着他又说："我家元帅立了多少大功，高宗却全无封赏，无功之人反在朝中快活，心中实是不平。二位王爷何不将高宗贬入冷宫？太子三四岁的孩子，哪会做皇帝！二位王爷何不平分天下？元帅情愿相助。"苗、刘二人听了，大喜道："若你家元帅肯来相助我，就封他王位，同享富贵！"

正在商议写书回报岳飞，有军士来报吉青到了，牛皋道："这是我的兄弟，因高宗不用他，在太行山落草！是我写书叫他来的。"苗、刘二贼忙让放进来，吉青来到大殿站在旁边。又一会，又有军士来报韩世忠带领人马来拿二人，仆射朱胜非已去开城迎接了。二人大惊，早被牛皋、吉青一把抓住了。旁边的人想救，又哪里敌得过牛皋二人？

牛皋、吉青拿了二贼，见了韩元帅，韩元帅吩咐立刻斩首，领兵抄灭了二贼全家，并请高宗登殿。众朝臣请安已毕，高宗降旨加封韩世忠为蕲王，钦赐金帛仍回镇江；又要加封牛皋、吉青，牛皋二人不受，出朝上马，回汤阴去了。

高宗皇帝复登大位，太平无事。忽一日，有兵部告急本章入朝启奏道：“山东九龙山杨再兴作乱。”又报：“湖州太湖水贼戚方、罗纲、郝先，聚众谋反，十分猖獗。”接连几道告急本章，弄得高宗仓惶无措。他本想召岳飞去剿匪，又怕他不受诏，回到后宫十分忧闷。

魏氏娘娘见了，奏道：“臣妾为万岁绣成一对龙凤旌旗，如今中间再绣成‘精忠报国’四字，圣上差人赐给岳飞，他也许肯来。”天子大喜，依言而行，岳飞接旨后十分感动，即刻打点行李，又去邀集众位兄弟。

牛皋不肯去，岳飞道：“为人在世，须要轰轰烈烈做一番事业，显祖扬名。贤弟们可将家眷各送归家乡，放心去建功立业！”众人齐声道：“大哥言之有理。”众弟兄即便辞出，回到家中，安顿家眷，很快就整装完毕，一起上路了。

岳飞一路来到润州，见韩元帅叙了别情，又到临安，见了天子。天子大喜，命岳飞官复旧职，发兵十万，先去平九龙山杨再兴。岳飞令牛皋带兵三千为先锋，又命岳云催运粮草，二人领令而去。元帅大兵随后起行。

牛皋到了九龙山，先与杨再兴大战一场，败下阵来，在路边扎营，等岳飞前来。不几日，岳飞大兵已到，牛皋出营迎接元帅。元帅问明了情况，知道是当年小校场上的杨再兴，就想收降他。

第二天，天尚未明，元帅吩咐：“擂鼓！点齐众将随我出阵。”并叮嘱众兄弟道：“今日出战，若我胜了他，不要贤弟们上前；

若打了败仗，也不要贤弟们上前，违令者军法处置。”众将都答应了，岳飞就到山前叫阵。杨再兴出马迎战，岳飞上前道：“杨将军，别来无恙？”杨再兴想了一想道：“你可就是枪挑小梁王的岳飞么？”岳飞点头，就用良言劝杨再兴归降。无奈杨再兴觉得当今圣上是个庸主，不肯保他，岳飞只好和他交战。

二人各使手段，大战三百余回合，不分胜负。看看天色已晚，各自收兵回营，约定明日再战。第二天又战了一天，仍不分胜败。当日晚间，岳飞在帐中休息，就梦见一位老者自称杨景，把对付杨再兴枪法的“杀手锏”传给了岳飞。岳飞大喜，勤加练习，把“杀手锏”练熟了。过了两天，岳飞出兵讨战，杨再兴领兵下山。二人各举兵器交战，大战十几回合，岳飞佯装败走。杨再兴不知是计，在后追赶，岳飞回转马头，左手持枪便刺。杨再兴忙把枪架住，不提防岳飞右手将银锏在杨再兴背上轻轻一捺，杨再兴坐不稳，跌下马来。岳飞忙跳下马，双手扶起，叫声：“将军请起，可起来上马再战。”

杨再兴满面羞惭，情愿归降，岳飞就和杨再兴结拜为兄弟。杨再兴回山收拾了人马，同岳飞一起归营。岳飞起兵回朝，刚到临安附近，探军来报：“水寇戚方领兵来犯，临安甚急，特来报知。”元帅就命杨再兴领兵三千，速去救应。

杨再兴领令出营，一路行去，正遇着戚方领了喽罗蜂拥而来。杨再兴使出枪法，战了二十来回合，就把戚方擒过马来，摔在地下，命人绑了。罗纲见杨再兴擒了戚方，心中大怒，举刀便砍。杨再兴拦开罗纲的刀，也擒了过来，叫人绑了，解往元帅大营去报功。郝先听说戚、罗二人被擒，也冲上来迎战，被杨再兴一把抓过去绑了。喽罗逃得一个不剩，杨再兴这才收兵。

回至元帅营中，元帅给杨再兴记了功，与戚方三人也结为兄弟。第二天元帅入朝，奏道：“杨再兴、戚方、罗纲、郝先，都已归降。”高宗大喜，即封杨再兴为御前都统制，戚方等且暂居统制，各人谢恩已毕。高宗就派岳飞去洞庭湖平水寇杨幺。

·品读与欣赏·

这一章写兀术回国后心有不甘，想再打回中原来，于是听了军师哈迷蚩的建议，找到了秦桧夫妇，施以恩义后把他们派回宋朝，留在皇上身边，以便陷害忠臣，使宋朝从内部瓦解。而岳飞对此丝毫不知，接到高宗的圣旨再一次来到战场上，收服了杨再兴和戚方等人。文章从一开始就令人陷入一种奸臣当道的忧虑中，读者暗暗为岳飞担心，这种气氛的营造既交代了背景，又为日后秦桧害岳飞埋下了伏笔，令人感叹。

·学习与借鉴·

1.情节合理：在上一章中，岳飞已经请旨回家，与众位兄弟过上了平静的生活。本章中各地贼寇又起，高宗只好降旨召回岳飞，但岳飞已过上了平稳的生活，不易召回，作者就安排了魏氏娘娘亲手刺绣“精忠报国”四字给岳飞这一情节，使岳飞的再次出兵合理化。另外奸臣秦桧在金国受兀术恩德，立誓回国后把宋氏江山送给兀术，这一安排也比较合理，为秦桧的叛国找到了很好的理由，使读者可以理解。

2.内容曲折：这一章从兀术养秦桧写到岳飞收戚、杨，内容十分曲折。如圣上降旨召岳飞剿寇，岳飞被感动而来，牛皋却对皇上的行为不满，不愿前来，经过岳飞一番劝导才一起上阵；再如岳飞收杨再兴，他二人早在少年时期就已经见过，杨再兴却淡忘了，直到岳飞擒住他又放了他，他才甘心归顺，这些都十分曲折，不是以直线的顺序叙述的。这就增强了文章的可读性，使故事情节更加引人入胜。

第二十五章　杨钦暗献地理图　四将巧计立功勋

岳飞领兵，一路来到潭州，潭州节度使徐仁，是原来的汤阴县令，听说岳飞兵到，就和地方官一齐出城迎接。

第二天，岳飞升帐，问总兵张明道："那水寇情况怎样？"张明禀道："杨幺在洞庭湖君山上造了宫殿，自称为王。他亲弟名叫小霸王杨凡，有万夫不当之勇，有军师屈原公，元帅雷亨和他的五子，名叫雷仁、雷义、雷礼、雷智、雷信，称为'雷家五虎'，十分骁勇，还有太尉花普方，水军元帅高老虎、高老龙等许多战将，若元帅再不来，连潭州也被他抢去了！"岳飞听了，就叫总兵来，附耳说了计策，张明领令而去。

第二天，岳飞命张保去东耳木寨，向王佐下请帖，邀他来潭州赴宴。王佐接了书信，怕杨幺知道了生疑，就拿着去见杨幺，杨幺与军师商议了，命王佐去赴宴，王佐回来告知张保明日前去，张保就回营报告了岳飞。

第二天，王佐果然来了，岳飞摆酒宴请，互叙别情，岳飞严明不谈公事，王佐无奈，喝完酒就回寨去了，元帅送出城外而别。

王佐回到本寨，见了杨幺。军师道：“明日就请王佐宴请岳飞，我们在席上安排舞者，斩杀岳飞，再埋伏重兵，不怕他逃出去。”杨幺闻言大喜，命王佐依计而行。

王佐领旨出来，回到本寨，命家将王德往潭州去请岳飞。见了岳飞，元帅道：“我也不写回书了，你去回复你家老爷，说我明日准时来赴席。”众将听说了都不同意，元帅道：“我要与他商议大事，怎能失信！此次正可探听对方虚实。”牛皋道：“元帅你要去就带我同去。”岳飞点头。

第二天，岳飞命牛皋同行，杨再兴路上接应，又向岳云道：“你可在途中接应为父。”说完，就和牛皋上马，张保在后跟随，往东耳木寨而来。王佐接进来，忙吩咐摆酒，二人坐席饮酒。牛皋见了，就走进堂去要酒肉吃。岳飞介绍了牛皋，王佐吩咐手下取酒肉给他，牛皋吃个干净，就站在岳飞的身边。

酒过三巡，岳飞起身告辞，王佐道：“小弟这边有一人使得好狼牙棒，叫他上来使一回，与兄助酒如何？”岳飞点头，王佐吩咐：“叫温奇来。”温奇领命，就把狼牙棒舞动起来。牛皋拿着两条铁锏，紧紧站在元帅跟前相护，温奇打不到岳飞，十分恼怒，牛皋道：“待俺来和你对舞。”扯出锏走将下来，一锏把温奇打死了！王佐看见，就把酒杯一掷，那些标枪手一齐杀出来，岳飞、牛皋一齐杀出，慌忙上马，张保断后。三人拼命跑出大门外，雷家五将左右杀来。忽听呐喊声响，杨再兴一马冲来，手起一枪，一连把雷家三将挑死。贼兵大乱，杨再兴大杀一阵，方才收兵。

王佐来见杨幺，奏明情况，杨幺好生懊恼，命王佐自回寨中。

岳飞回到营中，有军士来报说韩世忠率兵已到。岳飞大喜，摆酒迎接，二人上席对饮，谈论了一回，韩元帅辞别回营了。岳飞上了马，带着张保沿湖一路探看。忽见水面上一只小船，二人躲进林中，见船上下来一人。张保怀疑是奸细，就上前拦住，带到元帅面前。那人跪下道："我是杨幺的族弟，名叫杨钦。不满兄长叛逆，想投奔元帅，小人愿献计帮元帅剿贼。"元帅大喜，杨钦就取出一个小册子，献给元帅。元帅回营一看，原来是一幅地图，杨幺排兵布阵的地点注释得清清楚楚。岳飞将地图给韩世忠看了，韩世忠大喜，向岳飞借了牛皋、吉青等大将，命大公子同曹成、曹亮等看守水寨。自己同韩彦直，带领大将精兵，来攻蛇盘山。

蛇盘山一路都是乱山高岭，山中有一洞，名为藏金窟，是杨幺的巢穴。杨幺的父亲杨枭，同三子杨宾，五子杨会，聚集一帮将领，喽罗万余在此把守。杨枭听说宋兵到了山下，心知出了奸细。杨宾、杨会一齐上前道："先捉了来将，再查奸臣。"杨枭就派元帅燕必显和杨宾同去。不料几个回合，就先后被韩彦直捉了过去，众喽罗都跑回山上报信去了。

韩元帅把两人锁在后营，到了天明又暗暗嘱咐了吉青、周青、赵云、梁兴四人依计行事，又修书一封送给岳飞，说要智取蛇盘山。

一天，韩元帅令赵云、梁兴、吉青、周青押着杨宾去临安，岳飞在营中找了一名叫蔡勋的死囚，命他假扮王横，去见韩元帅。

韩元帅对假王横道："杨宾是杨幺的兄弟，你可领兵四名，将他解到岳元帅处，听他处分，一路小心！"

假王横得令，就辞了韩元帅，带了杨宾一路向潭州来。哪知四个军兵不服管教，一路冲撞假王横，杨宾都看在眼里。这一天，来到一座灵官庙里，假王横就到庙中与道士们畅饮，命四人看守着囚犯。四个军士押着杨宾，等了半日。只见一个老道士端着几碗蔬菜，一箩饭，走来让他们吃了好赶路，四人大怒，纷纷抱怨。杨宾在囚车内，听得明明白白，便接口道："我看你四人容貌雄伟，决非久困之人，何苦受那小人之气？不如去投了我家大王。"四人大喜道："事不宜迟，我们动手。"就放出杨宾，到后殿一阵乱杀，把假王横也一顿乱刀砍死了。几人出了庙，一同往蛇盘山而去。

到了山上，见了杨枭，杨宾禀报了经过，杨枭就加封了四人，分在杨宾帐下听用，又让燕必达上洞庭见大王搬救兵。韩元帅接到禀报，知道计谋已成，就按计而行，把燕必显放归了。燕必显独自一人到山下叫关，关上喽罗连忙放上山来。燕必显见了杨枭，杨枭便问："你怎得回来？"燕必显将前后事情细细禀明。杨枭大怒，以为他是宋兵的奸细，就要杀头。

杨会上前讲情，杨枭就命把燕必显收监，观察他是否忠心，又对杨宾道："燕必达去洞庭请救兵，恐他变生异心。你带领手下接应山上救兵，直捣他的后寨，放火为号，我就下山夹攻。"杨宾领令，随即同四员新来统制一起去了。

韩元帅打听明白，差人送书，让岳飞发兵截杀湖口救兵。传令牛皋、王贵、汤怀、张显各带人马，在蛇盘山半路四下埋伏。岳飞也命杨再兴、徐庆、金彪三人，带领人马，埋伏在青云山下。

燕必达见了杨幺，搬来了奇王钟义，领兵五千，一起回来。刚到湖口，恰遇着杨宾来迎，两边相见，一齐往大路赶来。走到青云山下，一声炮响，伏兵齐出，杨再兴摇枪上来，拦腰一把，把奇王生擒过来。杨宾慌忙逃走，却被四位新统制抓了。杨再兴一看，原来是赵云、周青、吉青、梁兴。他四人奉韩元帅军令，进山来埋伏的。

杨再兴同赵云等四人，把五千喽罗杀死大半，杨再兴就带领三军，来帮韩元帅。赵云四人就飞马到蛇盘山叫关，见了杨枭道："燕元帅果然已投往潭州城去。今三大王同奇王领兵来劫韩营，约明放火为号，大王可即刻领兵下山，前后夹攻，擒拿韩世忠。"杨枭听了，就命五公子同管师彦、沈铁肩，带领三千喽罗下山接应。

走了几里，四面金鼓齐鸣。一声炮响，牛皋等四将一齐杀出，将杨会等三人截住。杨枭道："不好，中了伏兵之计！"就亲自上马提刀，杀入阵中。杨再兴赶到，把杨枭生擒，回潭州复命。其他贼将都被牛皋等人杀死。燕必显被放出来，见事已至此，索性拿了杨氏一门去献功，韩元帅打扫了战场，将粮草贼犯解至潭州来见岳飞。

两位元帅都十分高兴，把杨氏一门斩首，派兵到临安报捷，韩元帅自回水寨去了。喽罗报上洞庭，说燕必显献了蛇盘山，杨氏一门家口都被杀了。杨幺听了，十分悲伤，群臣纷纷劝阻，杨幺止住悲声，与军师商议发兵与岳飞决战，为家人报仇。

岳飞修了本章上奏高宗，高宗闻报大喜，对岳飞大军大加封赏，赐了御酒三百坛，命他早日擒拿杨幺。

·品读与欣赏·

这一章写岳飞征讨水寇杨幺，最突出的特点就是计策变化多端，无处不在。攻打杨幺，是从杨幺的家人身上入手的，岳飞与韩世忠联手，设下巧妙的计谋，使杨幺的水寨在内部瓦解。杨幺不比其他的贼寇，他的山寨已经发展到一定的规模，兵力、大将、谋士一应俱全，而且都十分精锐，要破杨幺必须智取。在这一章中，岳飞和韩世忠的计谋都十分精彩，是本章的一个亮点。

·学习与借鉴·

1.情节曲折：在这一章中，杨幺太过猖狂，必须智取，所以岳飞和韩世忠都用了计策，这就使情节扑朔迷离，引人入胜。岳飞与王佐之间相互宴请；杨钦暗献了地理图；假王横押送要犯，赵云、周青、吉青、梁兴打入内部，杨再兴半路接应、英勇杀敌……这些情节环环相扣，一个比一个更曲折，更吸引人，使得整篇文章充满智慧的色彩，令人爱不释手。

2.人物传神：杨幺手下的一大批人都写得各有特色，王佐的重情重义在这一章里初现端倪，燕必显的临阵倒戈使岳飞等人破蛇盘山更加顺利，杨幺的军师也算智计过人，赵云四人的戏也演得瞒过了众人。文章通过语言描写、动作描写、心理描写、神态描写等一系列描写方法，把这些人物刻画得形象丰满，有声有色。

第二十六章 岳飞大破杨幺计 再兴误走小商河

朝廷派田思忠奉旨领了御酒送到潭州来，不想御酒中已被秦桧的夫人王氏放了毒药。幸亏牛皋喜酒，先跑去接应，发现酒有毒，大发雷霆，把酒坛都打碎了，大骂皇帝，还要打死钦差。岳飞大怒把牛皋赶出门去，心知是奸臣害人，想等平了洞庭湖之后再回京请圣上调查清楚。

牛皋负气而走，跑到碧云山中，跟得道高人做了道士。岳飞心中后悔，几次派人却找不到牛皋，心中暗暗不舍。

> 这一段从侧面表现了牛皋和岳飞之间的兄弟之情，并设下悬念，引出后文岳飞剿寇过程中遇难，牛皋及时相救，兄弟重归于好的情节。【巧设悬念】

再说杨幺与军师屈原公知道军中出了奸细，都以为是王佐，就定计命王佐请岳飞来看君山，到时四面放火，将岳飞、王佐一起烧死，内外大患尽除。杨幺立即传旨，王佐推脱，杨幺就把王佐家人扣住，王佐只得去请。岳飞应允明日前去，一面送出王佐，一面写信给韩元帅，约他来接应，又命张保、张宪、岳云、杨虎同去。

王佐出来迎接，同往君山，走到七里桥，岳飞命杨虎在此驻守，杨虎躲了一会儿，果然见副元帅高老虎来偷桥。他手起一鞭，将高老虎打死了。岳飞上了君山，正在观看，突然四面火起，岳飞不顾烟火，护住王佐，一起逃了下来，此时桥已被拆毁，幸亏韩彦直从水路来接应，才逃出命来。王佐深感岳飞恩义，拜别回寨，心中对杨幺恨恨不平。

杨幺见计又不成，心中烦闷，忽见喽罗说德州王崔庆带兵前来。杨幺道："崔庆既到，命伍尚志去打潭州。"伍尚志就到城下讨战。岳飞见他相貌魁梧，像个好汉，就劝他归降。伍尚志不听，举起方天戟，劈面刺来，两人战到百十余合，不分胜败，天色已晚，各自收兵。

可见伍尚志的武艺和智慧都是很好的，要破他的计策也很难，引发读者的思索。【语言描写】

伍尚志回到山上，见了杨幺道："岳飞本事高强，不可力敌，只可计取。可把三百头水牛用松香沥青浇在尾上，牛角上缚了利刃。临阵时，将牛尾烧着，自往前飞奔冲出，必然擒获岳飞。"杨幺大喜，当晚准备停当。

第二天，用火牛阵交战，果然杀得宋军大败，人马被火牛冲死不计其数，元帅心中忧闷。伍尚志再来讨战，岳飞只好吩咐将"免战牌"挂出，再思退敌之计。伍尚志禀报回去，杨幺十分高兴，就把自己的女儿许配给他。

当晚进了新房，公主手握匕首指着伍尚志大骂。原来她不是杨幺之女，本姓姚，一家人都被杨幺杀死，在世上只有一个表哥就是岳飞，如果成婚，必须表哥主婚。公主骂道："你堂堂一表人才，不思报国立功，情愿屈身叛逆，我就是死了也不从你！”伍尚志听了，低头一想，便道：“公主之言不差，但要见令兄还不是时候，我们必须瞒过杨幺，待我见机行事，献了杨贼。”公主谢了，各自安歇。

第二天杨幺升帐，伍尚志道：“岳飞坚守不出，不如遣人议和，两边罢兵。”屈原公道：“无妨，再调长沙王罗延庆，等我的五方阵练成，就与岳飞决一雌雄。”杨幺就派人去调兵。再说王佐自从领了家口回寨之后，感念岳飞义气就到西耳木寨去见严奇，邀他一同归顺岳飞。严奇也有此意，但他的儿子严成方不同意。王佐无法，只好自己来见岳飞。

牛皋受不了做道士的清苦生活，此时已回到岳飞营中，见王佐来到营中就要杀他。被岳飞阻止了，王佐就告知了严成方欲与岳云一战，败了才肯归降的事。第二天，岳飞命岳云领兵出城，等候与严成方比武。

等了几日，严成方出马来交战。两个都用锤，战到八十余回合，不分胜负。岳云诈败落荒而走，严成方拍马追来。赶到十余里路，岳云回马一锤，把严成方的锤打落在地。严成方甘愿归降，岳云就与他结拜为兄弟，对拜完毕，各自上马回营。严成方对父亲和王佐说了归降之意，二人十分高兴。

这一处描写言简意赅，严成方与岳云交战就是想看岳云的武艺，二人棋逢对手，岳云使计策得胜，寥寥几笔就把二人的不打不相识恰当地表现出来，用语十分凝练。【用词精炼】

岳云也回去报告了岳飞，正说话间，军士来报：“有长沙王罗延庆在城外讨战。”杨再兴便上前禀道：“罗延庆同小将最是相好，待我去说他来归降。”岳飞点头，杨再兴上马提枪，领兵出城来。两人在战场之上假战了十余回合，杨再兴败下，罗延庆拍马赶来，到一茂林之间，兄弟相见。杨再兴劝罗延庆归降，罗延庆欣然同意，约定掩人耳目，待立了功再去见元帅。两人回到战场又假战几回合，各自收兵。杨再兴回营报告了元帅，岳飞大喜。

再说屈原公调齐各路人马，演习五方阵，要与岳飞决战。杨钦上前道：“臣愿去讲和，省了粮草，免动干戈，岂不好？”杨幺道：“御弟前去讲和甚妙！”杨钦正要领旨，伍尚志奏道：“臣愿与王叔同往宋营。”杨幺准奏，杨钦本有心事，无可奈何，只得和驸马一同出朝。

见了岳飞，岳飞佯怒，将二人关了起来，到了夜间，叫张保悄悄地请了杨钦来，重新见礼。杨钦道：“屈原公调集各路兵马，摆‘五方阵’，前后左右俱有埋伏，特来报知元帅，以便准备破敌之计。望元帅保全家口，不要误伤了！”元帅同意，就命家丁取过小旗一面，递给杨钦道：“大兵到日，将此旗插在门上，自然平安。”杨钦接了旗，谢了元帅，元帅仍命张保送回到房中安歇。

又叫王横去请了伍尚志来，伍尚志见了元帅跪下，说明了公主之事。岳飞吃惊，伍尚志道：“公主说，一则有父母之仇，二则元帅是公主之兄。所以来见元帅请命，以安公主之心。”元帅听了俱已明白，叫岳云来见了礼，又命请了杨钦来。元帅笑把从前之事说了一遍，二人大笑起来。第二日回到寨中禀报，杨幺甚是不悦，伍尚志也回府安了公主之心。

岳飞得了杨钦的通报，加紧调兵安排，准备破五方阵。元帅命余化龙持红旗，率领周青、赵云和三千人马，从正西杀入；又命何元庆、吉青、施全领兵三千，黑旗黑甲，从正南杀进；又命岳云同王贵、张显领兵三千，黄旗黄甲，从北方杀入；张宪同郑怀、张奎领三千人马，白旗白甲，杀入正东；又命杨再兴带青甲青兵三千，同张用、张立一齐冲入中央，砍倒帅旗。元帅自领大兵在后，接应五方兵将。

这里介绍了岳飞排兵布阵的方法，在对五方阵有所了解之后，岳飞做了十分有条理的安排，知己知彼，百战不殆，又一次展现出岳飞用兵如神。【行动描写】

韩世忠也从水路杀来，杨幺听闻，忙命杨钦把守洞庭宫殿，伍尚志保住家眷，自己与太尉花普方等，驾着战船，前去迎敌。

五方阵虽然厉害，但各方守将都不肯出力，岳飞大军很快杀入寨中，与杨钦、伍尚志接应，放火烧了宫殿。早有小喽罗飞报与杨幺，杨幺听了，大叫一声，只想擒了韩世忠，再作道理。正要冲杀，只见牛皋劝降了花普方，他将船一摆，跟牛皋归宋营去了。杨幺无奈，只好勉强迎战。

岳飞烧了宫殿，下山扎营，忽然有探子来报说兀术带了二百余万人马，来犯中原，将近朱仙镇了。岳元帅听了吃了一惊，忙调兵遣将，往朱仙镇去。五方阵中众将杀得兴起，把杨幺的手下杀

杨幺大营大势已去，只差抓住杨幺就可以交差了，正在此时却有金兵来犯，情节的发展就转到驻守朱仙镇上了，起到了承上启下的作用。【推动情节发展】

得一个不剩，早有军士把军情飞报屈原公，屈原公一连听了几报，手足无措，见大势已去，就拔剑自刎而死。

岳飞正在调拨人马，不多一会，杨再兴进营缴令，岳飞就派杨再兴领兵为先锋去救朱仙镇。杨再兴带兵五千，飞马去了，随后岳云来缴令，岳飞命他领兵五千，速往朱仙镇，接着又令严成方为第三队，接应岳云，何元庆为第四队在后接应，余化龙、罗延庆、伍尚志又来缴令，元帅命各领兵五千，为第五、六、七队，速去朱仙镇救援。

且说众将追拿杨幺，杨幺仓皇逃跑，被牛皋一下打翻，绑到营前，元帅见金兵来得急，就命把杨幺斩首，将头送往临安，又命牛皋往各路催粮，到朱仙镇来接应。岳飞与韩元帅共领三十万大兵往朱仙镇而来。

此时第一队杨再兴已到朱仙镇，正值十一月天气，杨再兴带兵冒雪而行，看那金邦人马，漫山遍野，不计其数。杨再兴命军士扎下营盘，自己独自去踹营。

兀术本带了六十五万人马，但虚张声势，假说有二百万，来到小商桥。杨再兴迎头赶来，挺枪就刺，不到一个时辰，连杀了四员番将。四队番兵见主将已亡，大败而走，慌乱间自相践踏，死者不计其数。

杨再兴在后追赶，见番兵向北而走，就想抄近路去截杀。谁知此地有一条河，名叫小商河，早被大雪覆盖，看不出来。河水虽不深，却都是淤泥衰草，被雪掩盖，不分河路。杨再兴一马来到此处，跌下小商河，犹如跌落陷坑，连人带马，陷在河内。那些番兵看见了，万箭齐发，如大雨一般射来。可怜杨再兴连人带马，被射得如刺猬一般。

第二队岳云赶到，天色已晚。杨再兴的军士上前迎着公子，报道：“杨老爷追杀番兵，误走小商河，陷于河内，被番人乱箭射死了！”岳云听了，不觉大哭，传令三军扎住营盘，自己朝番营冲去。

·品读与欣赏·

这一章承接上文，写岳飞大破五方阵，收了罗延庆、伍尚志、严成方等大将，擒住了杨幺并把他斩首，将首级解往京城，然后派兵到朱仙镇拦截金兵。品读这一章的内容，深感水寇杨幺虽然实力雄厚，却被岳飞的仁义之师从内部瓦解，这既是岳飞的魅力，也是岳家军的魅力。

·学习与借鉴·

1.结构完整：这一章主要讲岳飞大破五方阵，金兀术再次进攻中原，岳飞急派八路人马去朱仙镇救应，却在小商河送了杨再兴的性命。文中大破五方阵的过程十分完整，从一开始双方的准备，写到双方排兵布阵的方法，再到大破五方阵后的一系列追击，桩桩件件都十分清楚明白。而杨再兴误走小商河的前因后果也表述得十分明白，结构严谨、衔接紧凑。拥有完整的行文结构，让读者做到心中明白，被故事情节深深吸引。

2.内容充实：本章以“岳元帅大破杨幺计，杨再兴误走小商河”为主题，前半段写征讨杨幺，岳飞用计降王佐、伍尚志、罗延庆、严成方等人，并在大军攻打五方阵时一举拿下了杨幺的贼巢。在这场战役还没有完全结束时，金兀术再次进犯中原的消息就传到军前，于是岳飞立刻派兵遣将到朱仙镇去截住金兵，却因此导致杨再兴误走小商河，惨死在淤泥中。丰富而充实的内容使文章具有可读性，曲折的情节发展也紧紧牵引着读者的目光。

第二十七章 秦桧拜相害忠臣 王佐降金立功勋

岳云一马冲入番营，舞动那银锤，逢人便打，打得番兵东躲西逃，自相践踏。恰好第三队严成方已到了，军士上前将杨再兴误走小商河而亡，岳云冲入番营报仇禀报了。严成方大怒，把马一提，直至番营来帮岳云。兀术见了，传下令去，让众人生擒二人。番兵番将得了此令，层层围住岳、严二人厮杀。

此时后面的队伍先后到来，何元庆、余化龙、罗延庆、伍尚志都冲入番营厮杀，直杀得天昏地暗，日月无光！兀术不信这几个南蛮如此厉害！又传令层层围住，务必生擒。那六个人在里面杀了一层又一层，杀了一昼夜。恰好二位元帅大兵已到，放炮安营。

六人知道元帅已到，就一起杀出番营，见岳飞缴令。岳飞见罗延庆十分悲苦，只能好言安慰，亲自到小商河祭奠，然后收尸，葬在凤凰山。兀术见岳飞如此厉害，就盼着秦桧赶快设计害他。此时又有张元帅带五万人马，刘元帅带五万人马，赶到了朱仙镇。皇上御赐了岳飞一把尚方宝剑，有先斩后奏的权力。又报知赵鼎气怒身亡，秦桧拜了相位。不久就有新科状元张九成来营中报到。

原来是秦桧怪他不曾贿赂，要暗害他。岳飞等知道朝中有这个奸臣，都十分忧心。此时圣旨下，让张九成去见二圣问安。众人知是秦桧弄权陷害，各各愤愤不平。张九成写了家书，岳飞让人送去，又命汤怀护送张九成过番营。

汤怀别了岳飞，岳飞十分不舍，只好嘱咐他小心行事。汤怀保着张九成直至番营，一阵冲杀，杀过了番营。只见一个平章带了五十名番兵护送张九成往五国城去，汤怀别了张九成，转身摆着手中银枪，冲进重围。那些番兵番将手拿刀枪剑戟一齐杀来。汤怀手中的这杆枪招架不住，恐怕被番兵抓住受辱，就大叫一声："元帅大哥！小弟今生再不能见你之面了！各位兄弟！今日汤怀与你们长别了！"就调转手中枪尖刺向咽喉，落马而死。

兀术把汤怀首级挂在军前，岳飞闻讯大哭不已，众将也都十分伤心。再说兀术在帐中与众人称赞汤怀的忠义，忽报："殿下到了。"兀术大喜，陆文龙进帐参见，听兀术说了岳飞厉害之处，就讨令出来到宋营讨战，岳元帅派呼天庆、呼天保前去迎战。

不料二人不是对手，被陆文龙挑死在阵前。岳飞伤心，就定了车轮战，命岳云、张宪、严成方、何元庆四人依计而行，去擒番将。四将领令，来到阵前。岳云先上前大战有三十多回合，严成方叫声："大哥且少歇！待兄弟来擒他。"拍马上前，举锤便打，也战了三十多回合，何元庆又上来接战三十余回合。张宪拍马摇枪，高叫："陆文龙，来试试我张宪的枪法！"一连几枪，陆文龙双枪左舞右盘，与众人交战。

兀术闻报，知道是岳飞之计，就鸣金收兵，让陆文龙回来，四将也只好回营，岳飞安排下去，让众将小心陆文龙来劫营。第二天又战了一天，岳飞见番将厉害，闷闷不乐，吩咐属下挂了免战牌，自己思量破敌之计。

再说统制王佐，见元帅无计，就想到一个计策。他取出刀来，把右臂砍下，咬着牙关，取药来敷了，将断臂包好，藏在袖中，独自一人来见元帅，把自己要假降金的事告诉岳飞。岳飞闻言，感动地流泪，王佐坚持要去刺杀兀术，辞了元帅，出了宋营，连夜往金营而来。

王佐到了金营，对兀术说了一番痛骂岳飞的话，兀术见他可怜，就封他为“苦人儿”，并传令“苦人儿”不受拘束，任意行走。王佐大喜，就在金营中留下来。一日来到陆文龙的营前，王佐进帐，见一个老妇人坐着。王佐上前行礼，与那妇人攀谈上了，才知道妇人是陆文龙的奶娘，陆文龙原是潞安州陆登的公子，三岁时被兀术抢去的。王佐听了，心中大喜便出营去了。此后就十分关注陆文龙，给他讲许多忠义的故事，陆文龙十分喜欢他。

再说曹荣之子曹宁，比陆文龙更狠，他奉了老王之命来助兀术，到了营中，兀术让他去休息，他听说岳飞勇猛，就讨令来宋营前讨战。

曹宁领兵直至宋营前讨战，徐宁、金彪讨令出战，都被曹宁杀于马下，岳飞闻报，十分伤心，就命收殓了尸身。曹宁连连讨战，又打败了张宪和严成方，元帅只得又把“免战牌”挂出，心中十分愁闷。

王佐闻知此事，心下焦急，来到陆文龙营前，进帐见了陆文龙，让他屏退左右，把他的身世告诉了他。陆文龙问了奶娘，知道句句是真，就泪盈盈地下拜道："不孝之子，怎知此事？今日才知，怎不与父母报仇！恩公此德，没齿不忘！"拔剑在手，就要去杀兀术。王佐急忙拦住，二人从长计议。

王佐问起曹宁身世，知道他也是一个忠义之人，就好言劝他归降，曹宁同意，王佐就写书交给曹宁。曹宁接来收好，辞别回营，第二日就投去了宋营。岳飞见了王佐书信，十分欢喜，接纳了曹宁。此时曹荣押解粮草到了金营，兀术就命他去捉拿曹宁。

曹荣领命出营，来到宋营，要见曹宁，曹宁劝父亲归宋，曹荣不听，曹宁一时恼发，手摆长枪一下把父亲挑死。元帅大惊道："哪有子杀父之理，本帅不敢相留，你走吧。"曹宁自知犯了大错，拔出腰间的佩刀，自刎而死。元帅叹息一声，只得命收殓了尸身。

兀术闻得此讯，正懊悔时，有人来报说："元帅完木陀赤、完木陀泽带领'连环甲马'候令。"兀术大喜，犒赏了二人，只等第二天擒拿岳飞。

到了第二天，完木陀赤、完木陀泽二人领兵来到宋营讨战。军士报进大营，岳元帅就派了董先和陶进、贾俊、王信、王义带了五千人马，一同出战。五人来到阵前，见了两番将，董先大喝一声："来将通名！"番将答道："某乃大金国元帅完木陀赤、完木陀泽！你就是岳飞么？"董先大怒道："我元帅怎肯和你交手？受死吧！”一铲打去，完木陀赤舞动铁杆枪，二人战在一处。战不到五六个回合，完木陀泽看见哥哥战不下董先，飞马来助战。陶进等四人见了，各举大刀一齐上前。

两员番将战不过，拨马败回，引得董先等赶到番营前，一声号炮响，中间番营里拥出三千人马来。那马身上都披着生驼皮甲，马头上用铁钩铁环连锁着，每三十匹一排。马上军兵俱穿着生牛皮甲，脸上也有牛皮做成的假脸，只露出两只眼睛。一排弓弩，

·品读与欣赏·

这一章写秦桧当上了丞相，奸臣嘴脸初露端倪，首先就是培植自己的党羽，用计陷害了张九成，直接导致汤怀死在金营中。岳飞等人已经从张九成的事情上明白朝中出了奸臣秦桧，却无从提防，只能听之任之。这边战场上，金兵出了陆文龙、曹宁等一系列十分厉害的猛将，岳飞一筹莫展，但是王佐自断手臂到金营中打探消息，说降了陆文龙和曹宁，这才使宋兵打了胜仗。这一章内容丰富，情节曲折，一个悬念接着一个悬念，令人充满期待。

·学习与借鉴·

1.人物刻画：这一章的一大特色就是出了许多个性鲜明的人物。汤怀的忠义勇猛、宁死不屈令金兀术都十分佩服；陆文龙骁勇善战、无人能敌，但在王佐的诉说中知道了自己的身世后，他忍辱负重，最后为宋兵建立了奇功；曹宁被父亲蒙蔽，在明白国家大义后立刻弃暗投明，说服父亲的过程中因年轻气盛失手杀了父亲，情理难安举剑自刎而死；最个性鲜明、感人至深的是王佐，他为了解岳飞之忧，自断

手臂到金营中，立下了汗马功劳。他们的忠勇义气，读来令人印象深刻，荡气回肠。

2.情节波折：这一章内容丰富，情节曲折。直接接续上文的内容，各路将军都冲入番营为杨再兴报仇，等到岳飞大兵赶到，金营也来了几员猛将，交战又陷入僵局中，谁也打不过谁。正在一筹莫展时，王佐使出苦肉计到金营中出力，成功说降了陆文龙，使宋军的艰难情况得到缓解，从而柳暗花明。但文章结尾时，宋军又遇到麻烦，“连环甲马”一连伤了岳飞五员大将，岳飞会如何应对？这里的悬念直接把读者的兴趣吸引到下一章，起到了很好的推动作用。

第二十八章 朱仙镇大破金兵 施奸计召回忠良

元帅听说董先五人都命丧阵中，又听了军士的描述，知道是“连环甲马”，伤痛了一回，回到帐中，就命孟邦杰、张显各带兵三千，去练“钩连枪”；张立、张用各带兵三千，去练“藤牌”。四将领令，各去操练。

兀术见久不能前进中原，就听哈迷蚩的计策，派鹘眼郎君领兵五千，抄路去取临安，使岳飞不能兼顾两边。朝中有一奸臣王俊，被秦桧派来押粮到朱仙镇，走到半路，正遇鹘眼郎君领兵前来。二人一交手，王俊不是对手，只得落荒败走，鹘眼郎君从后面赶来。正在危急时，牛皋催粮也走到这里，就杀了番将，救下王俊。牛皋转来问王俊，才知是秦桧的手下，暗自后悔不该救他。

这里运用简单的语句介绍了牛皋救王俊的过程，运用了动作描写和心理描写，既表现出牛皋的勇猛，又展示出牛皋深恨奸臣的性格特点，为后文王俊冒领牛皋之功作铺垫。【人物描写】

牛皋就命他把粮草一起押来，自己再去催粮。王俊向牛皋讨杀敌之功，牛皋就把功劳送给他，想日后再让他出丑。王俊到了朱仙镇见了元帅，就冒领了牛皋之功。元帅心知是假，暂时没有拆穿他。

第二天，孟邦杰四人都将所练的枪牌练熟，前来缴令，元帅就命四将去破番阵，又令岳云、严成方、张宪、何元庆，带领人马五千在后接应。孟邦杰等四将各显本事，“连环甲马”丝毫不起作用，这一阵，将“连环甲马”都挑死了。张立、岳云等得胜回营，元帅大喜。

兀术见岳飞破了“连环甲马”，十分痛心。军师道：“狼主不必悲伤，只待那‘铁浮陀’来，自然把南蛮尽灭了！”兀术道：“也只待这件宝贝了。”

再说牛皋回营缴令，与王俊争功，加上王俊苛扣军粮，使众军士不服，元帅就把王俊打了四十军棍，发回临安，让秦桧发落，王俊怀恨去了。

一日，兀术闻报“铁浮陀”在外候令。大喜过望，传令到天晚时，推到宋营前去，杀个片甲不留。陆文龙在旁听了，就回营与王佐商议，王佐道：“宋兵如何晓得厉害？要暗送一封信过去。”陆文龙道：“待我射封箭书去报知岳元帅，明早即同将军归宋何如？”王佐大喜。看看天色将晚，陆文龙悄悄出营上马，射了一封箭书进去。

宋营军士转给元帅，岳飞拆开观看，吃了一惊，暗暗传下号令，先叫岳云、张宪，吩咐道：“你二人带领人马如此如此。”又暗令兵士通知各位元帅，将各营虚设旗帐，各部人马，一齐退往凤

岳飞得到陆文龙的消息想尽办法躲避，从侧面烘托出“铁浮陀”的厉害之处，也体现出岳飞排兵布阵的先见之明。此处埋设伏笔。【设置悬念】

凰山去躲避。

到了二更时分，兀术传下号令，将“铁浮陀”一齐推到宋营前，放出轰天大炮，向宋营中打来。众位元帅在凤凰山上，看见这般光景，都十分庆幸。岳云、张宪领了人马，埋伏在半路，听得大炮打过，等金兵回营之后，取出铁钉，把火炮的火门钉死，让军士一齐动手，将“铁浮陀”都推入小商河内，转马来到凤凰山缴令。岳飞命三军回转旧处，重新扎好营盘。

直到天明，兀术才知道陆文龙已投宋营，岳飞等安然无恙，且火炮都被推到小商河里去了。兀术叹了口气，不知下一步要怎么行动。哈迷蚩道：“臣明日摆下一个‘金龙绞尾阵’，让那岳南蛮来打，可以擒他。”兀术就命他速去准备，还与岳飞约定一月之后来打阵，岳飞应允了，哈迷蚩自去操练人马。

在等待大战的过程中，岳云结识了云南化外国大王李述甫的侄儿黑蛮龙，并与他结为兄弟，岳飞听说也十分欢喜。李述甫听说，就来投了宋营，宴饮一番，元帅嘱咐他好好镇守云南，待平定金兵再请圣上封赏，然后送李述甫和黑蛮龙回云南去了。

再说金营哈迷蚩摆完了阵，来见兀术。兀术大喜，差人来下战书。岳飞约定来日决战，就请各位元帅齐来商议。各处人马共有六十万，岳飞同张元帅带领人马，打左边的“长蛇阵”，韩元帅、刘元帅领兵打右边的“长蛇阵”，又命岳云、严成方、何元庆、余化龙、罗延庆、伍尚志、陆文龙、郑怀、张奎、张宪、张立、张用，从中间杀来。

第二天，众人一齐杀入阵来，金营将台有人指挥，两条“长蛇阵”头尾各有照应，一层一层围拢来。杀了一层，又是一层，都是番兵番将，杀不散，打不开。

这一段采用插叙的手法，叙述狄雷、樊成和关铃前来助阵，三人到了阵前，一阵乱打把大阵冲乱，间接支援了各位豪杰，语言充满趣味性。【多种叙述手法并用】

正在厮杀，阵外忽然来了三个少年英雄。第一个是狄雷，要来朱仙镇立功的，第二个是孟邦杰的妻舅樊成，特来助战的。第三个是关铃，也是来帮助杀贼的。他们不知是阵，就从中间杀入，打乱了“金龙阵”。兀术听说，就亲自下来迎战，见了关铃三人，就战在一处。兀术敌不住他们三个，只得转马败走。兀术在前，众兵不好阻挡，那三人在后追赶，把那“金龙阵”冲得七零八落。

三人冲入阵中，与众人相见，更助长了士气，岳飞大喜，正要率兵冲杀，忽见刘倚元帅赶来说：“岳元帅，本帅要先走了。”岳飞不知何意，只见刘倚领着本部人马，一路走了。再看这边阵中，岳公子银锤摆动，严成方金锤使开，何元庆铁锤飞舞，狄雷双锤并举，一起一落，金光闪灿，寒气缤纷！这就叫做“八锤大闹朱仙镇”，杀得金兵尸如山积，血如川流。兀术大败而走，逃了二十余里，追兵渐远，兀术刚想喘口气，不料刘倚元帅抄着小路到此，阻住去路，两边埋伏弓弩手，箭如飞蝗一般的射来。

四人的兵器各具特色，几位大将也打得虎虎生威，与番兵打在一起精神奕奕、锐不可当，让兀术败走。语言精练，独具特色。【场面描写】

兀术转往左边路上逃走，又走了一二十里，被金牛岭拦住，无路可走。兀术见无法逃脱，大喝一声，望着石壁一头撞去，想要舍身自尽。不料天意不该他绝于此地，石头都倒下了，竟让出一条路来。兀术心中大喜，跨上马，招呼众将上岭。

刚刚上得五六千人，忽然一声雷响，那山石依旧竖起。后边人马不得上山，被追兵杀得四散奔逃。兀术在岭上望见了，不觉眼中流泪，对着哈迷蚩道："六十万人马，被他们杀得只剩五六千人！还有何面目回去见父王？倒不如自尽了罢！"说罢，便拔出腰间佩剑欲要自刎。哈迷蚩将他双手紧紧抱住，众将上前夺下佩刀。哈迷蚩叫声："狼主何必轻生！胜败乃兵家常事，暂且回国，再整人马，杀进中原，以报此仇。"

兀术回心转意，命埋锅造饭，吃了一餐。哈迷蚩道："臣要私入临安，去访秦桧，让他寻事害了岳飞，何愁天下不得？"兀术大喜，就写了一书，做成一个蜡丸，让军师带去。哈迷蚩打扮成汴京人模样到了临安，寻到了秦桧，将蜡丸书给他。

秦桧看了书信，与王氏商议，王氏道："为今之计，不如慢发粮草，只说欲与金国议和，召岳飞收兵，然后再寻一计，将他父子害了，岂不好？"秦桧依言。哈迷蚩回营见了兀术，禀明了情况，就带领败残人马，回国去了。

这一处语言描写突出表现了王氏的诡计多端、心狠手辣。可怜岳飞父子在敌前浴血奋战，不知出生入死多少次，却要被奸臣夫妻寻事陷害，令读者读来深感可悲可叹。【语言描写】

岳元帅与各元帅在营中商议调兵养马，想要直捣黄龙府，迎

还二圣。粮草却总不到，正在纳罕，忽报有圣旨下，命岳飞暂回朱仙镇歇息养马。众位元帅都劝岳飞继续进兵，岳飞道："我母亲在我背后刺'精忠报国'四字，我绝不抗旨。"于是起兵回朱仙镇练兵，等待秋后发兵。

岳飞唤过岳云，暗暗吩咐道："朝廷听信奸言，无用兵之志，不知将来如何。你同张宪回到家中，看望母亲，传教兄弟些武艺。倘有用你之处，再来唤你。"二人领命，拜别了岳飞，来与关铃作别，关铃依依不舍，直送到十里方回。那岳云和张宪二人，一同归乡去了。

岳飞又安排张保随张元帅去做个总兵，张保无奈，带了家属去了。岳飞也想安排王横，王横坚决不从，只得作罢。正在闲谈，忽报圣旨又下，命岳飞在朱仙镇屯田养马；众元帅节度且暂回本部。众人领旨，都起身回本部去了。

一日，岳飞正在帐中读兵书，忽有圣旨到，说议和已成了，召他回京。岳飞嘱咐众将说："我把大军放在这里，单身面圣，如果此去有闪失，众位兄弟一定要齐心协力杀敌报国，我也就瞑目了。"正说之间，又报有金牌到军前来催元帅起身。一会儿时间，接连来了十二道金牌。

十二道金牌接连到来，从侧面显示出奸臣要暗害岳飞的急切心理，皇上却毫无察觉，可悲可叹！【侧面描写】

岳飞默默无言，走进帐中，唤过施全、牛皋来道："二位贤弟，我把帅印交给你们，暂与我执掌中营。须要守我法度，不可纵兵扰害民间，也不枉我与你们结义一番！"又点了四名家将，同王横起身。众人都送出营来。

朱仙镇上的百姓，一路携老挈幼，众口同声攀留元帅，哭声震地。岳飞挥泪别了百姓与众将，上路去了。

·品读与欣赏·

这一章情节安排十分巧妙，从大快人心地大破金兵，杀得金兀术逃回金国，故事情节一下子转到令人气愤的奸臣弄权上。秦桧和王氏的弄权不露痕迹，都是通过皇上的旨意来实施的，忠君的岳飞无论如何也不会拒绝圣旨，所以虽然心中无奈，也只能遵旨行事。但他的遵从带来的却是十二道金牌连续到来，召他回京，这令读者看来十分痛心。岳飞自己也知道此去凶多吉少，但他依然选择遵旨，这种愚忠精神十分值得人反思，这也是这一章的精妙之处所在。

·学习与借鉴·

1.人物塑造：这一章从正反两个方面成功塑造了岳飞的形象，他骁勇善战、智计过人，在两军阵前十分威武，心思缜密，待人宽和亲切，沉稳不莽撞。这些都是从岳飞与金兀术交兵的过程中展现出来的。但文章的后半段，写岳飞被秦桧陷害，严守圣旨的要求，一步一步退回朱仙镇，并在最后被十二道金牌召回京城，明知是有去无回，仍然愚忠听命。塑造一个人物要抓住他最突出的特点，并且要真实可信，优缺点并存。这一章中对岳飞的塑造就做到了这一点，使岳飞成为一个有血有肉有缺点的真实的英雄。

2.细节突出：文章中多次用到了细节描写，对表现人物性格，推动情节发展都起到了很好的作用。如王俊被牛皋救下后不仅不领情，还要抢占牛皋的功劳，牛皋暂时同意，想等回到大营后再让他出丑。这个细节描写突出了牛皋嫉恶如仇的性格，他的心机十分可爱，让人更加喜欢牛皋的形象。再如刘倚元帅在杀得正热闹时忽然率兵走了，这个细节描写很好地推动了情节的发展，后文就可以看到刘倚是去半路埋伏，截杀金兵了。这些细节使故事情节连贯紧凑，增强了文章的可读性。

第二十九章 寻事定罪莫须有 千古奇冤风波亭

岳飞同王横带着四名家将，往临安进发。不几日，来到瓜州，驿官来迎接，就在驿馆住下。岳飞心中有事，当晚梦到有一怪物向自己扑来，一惊醒了，不知何意，就到金山上来见道悦和尚解梦。岳飞来到金山寺大殿外，只听那和尚吟道：

苦海茫茫未有涯，东君何必恋尘埃？

不如早觅回头岸，免却风波一旦灾！

岳飞上前相见，道悦道："当年我师父赠你沥泉枪时，曾说二十年后相见，果然应验了。"然后就劝岳飞早日归隐，免遭大祸。岳飞道："蒙上人指引，实为善路，但我以身许国，志必恢复中原，虽死无恨！上人不必再劝，就此告辞。"道悦一路送出山门，口中念着四句：

风波亭上浪滔滔，千万留心把舵牢。

谨避同舟生恶意，将人推落在波涛。

岳飞无语出来，道悦拜别，自回庙中去了。岳飞坐船往河中行去，不想水中突然出来一个怪兽，把沥泉枪摄去，钻入水底，霎时风平浪静了。岳飞长叹一声，仍旧赶路。到了平江，忽见对面来了冯忠、冯孝，冯忠见了岳飞，就上前宣读圣旨，要押解岳飞进京。王横上前阻拦，被岳飞喝住，只得罢手。那冯忠见了，举刀把王横砍翻在地，可怜王横一世英武，竟被乱刀砍死。

四个家将见势不好，骑着岳飞的马一齐走了，岳飞悲伤不止。冯忠等奉了秦桧之命，押岳飞上了囚车，解往临安，到了城中，暗暗送到大理寺狱中监禁。

第二天，秦桧假传圣旨，命大理寺正卿周三畏查问。周三畏按圣旨所言一一查问，岳飞对答如流。周三畏听了，心中暗道："这明明是秦桧奸贼设计陷害他，我怎能以屈刑加于无罪？"便道："元帅且暂请下狱，待下官奏过圣上，候旨定夺。"岳爷谢了，狱卒复将岳爷送入狱中监禁。周三畏回到家中，前思后想，觉得进退两难，就决定弃官归隐。他暗暗吩咐家眷，收拾行囊细软，等到五更，带了家眷并几个心腹家人，私自逃走了。

到了天亮，众人才知周三畏走了，忙报告秦桧。秦桧悄悄吩咐家人去请了万俟卨、罗汝楫来，命他二人升任大理寺正卿，审问岳飞。岳飞到了堂上，见了二贼，才知道周三畏已逃走了，且自己性命恐怕不保。二贼问讯，岳飞对答如流，二贼就命上刑，打得岳飞头发散开，就地打滚，指骨尽碎！岳飞哪里肯招，二贼无法，只得命狱卒带去收监，明日再审。

二贼退回私宅，商议了一番，次日，把所有刑法都在岳飞身上试了一遍，岳飞宁死不招。二贼无法，就照着岳飞的笔迹写了供状，他们怕岳云知道自己害了岳飞来算账，就骗岳飞把岳云找来对证公堂，岳飞信以为真，就写了一封家书，交与万俟卨。

万俟卨把岳飞的书信改了几句，就差家丁徐宁星夜送往汤阴县，去哄骗岳云、张宪到来，只想一网打尽。秦桧命万、罗二贼在监内另造十间号房，专等监禁家属人等。万、罗二贼辞出，即去建造号房。

岳云、张宪不知是计，闻讯后来到京城，也落入了秦桧的圈套中。看守的狱官倪完看见了，心中十分伤痛，就在狱中好好招待他三人。秦桧命万俟卨、罗汝楫两个奸贼，终日用极刑拷打岳飞父子、张宪三人招认，已经两月了，都没有实供。百姓听说监禁了岳飞，说岳飞冤屈，想要上民本。秦桧和王氏商量了，怕生出变故对不起兀术，决定及早下手，就派人送了秘书给万、罗二贼，命他们当晚将岳飞父子在风波亭杀害。

再说万、罗二贼已将岳云、张宪另拘一狱，使他父子不能相见。倪狱官进来伺候岳飞，说道：“这时节忽然下起了大雨，当真奇怪！”岳飞惊道：“果然下起了大雨！我前日奉旨进京，在金山见了道悦禅师，他说此去临安，必有牢狱之灾，劝我弃职修行。我一心尽忠报国，不听他言。临行他赠我几句偈言，一向不解，今日下雨，就应验了！恐朝廷要除去我了！”

倪完道：“不知是哪几句偈言？”岳爷道：“他前四句说的是：‘岁底不足，提防天哭。奉下两点，将人荼毒。’我想今日是腊月二十九日，岂不是‘岁底不足’么？恰恰下起雨来，岂不是‘天哭’

么？‘奉’下加将两点，岂不是个‘秦’字？‘将人荼毒’，正是毒我了！这四句已经应验。后四句道是：‘老柑腾挪，缠人奈何？切些把舵，留意风波！’这四句还解不来，大约是要除去我的意思。”

岳飞想到这里，修书一封，递给倪完道：“我死后，请前往朱仙镇投递此信。那班兄弟知我已死，必然反了，岂不坏了我的忠名？”倪完答应了，与岳飞一面吃酒，一面说话。忽有人走来，悄悄向倪完耳边说了几句。倪完一惊，岳飞知道朝廷有旨了，道：“这是朝廷之命，怎敢有违？但是岳云、张宪恐怕不服，你去叫他两个出来，我自有处置。”

倪完请岳云、张宪到来，岳飞亲自动手，将二人绑了，然后自已也叫禁子绑起，问道：“在哪里接旨？”倪完道：“在风波亭内。”岳爷道：“罢了！道悦和尚的偈言，有一句‘留意风波’我只道是扬子江中的风波，谁知牢中也有什么‘风波亭’！不想我三人，今日死于这个地方！”岳云、张宪道：“我们何不打出去？”岳飞喝道：“胡说！大丈夫视死如归，何足惧哉！且看冥冥之中，那奸臣受用到几时！”就大踏步走到风波亭。两边禁子不由分说，拿起麻绳来，将岳飞三人勒死在风波亭。

那年岳飞三十九岁，公子岳云二十三岁。三人归天之时，忽然狂风大作，灯火皆灭，黑雾漫天，飞沙走石。一代忠臣岳飞，壮志未酬，却冤死于奸臣之手，天地苍生同为一哭。

当时倪完痛哭一场，暗暗买了三口棺木，抬放墙外，将三人的尸骨从墙上吊出，连夜入棺盛殓，写了记号，悄悄地抬出了城，埋在了西湖边。

岳飞三人死后，倪完把岳飞的书信带到朱仙镇，牛皋等兄弟遵从岳飞遗命，奋勇抗金，保住了宋氏江山。奸臣秦桧陷害忠良，遭万人唾骂，终日不得安睡，在不久后暴病身亡。岳飞死后二十年，主张抗金的宋孝宗即位，他顺应民心，颁布诏书为岳飞平反。

隆兴二年（公元 1164 年）朝廷赐建岳王庙，后人寻找到岳飞遗体，以王礼葬在西湖边的栖霞岭下，还在岳飞坟前造了秦桧和王氏的跪像，受万人唾骂。南宋嘉泰四年（公元 1204 年）朝廷追封岳飞为鄂国公，加封武穆王，谥号“忠武”。

·品读与欣赏·

这一章写岳飞奉旨进京，在路上得到很多警示，劝他不要上京，从此隐居。但岳飞一片忠心，执意上京，最后被秦桧指使手下人万俟卨、罗汝楫暗害其下狱，并冤死在风波亭上。文中极力描写岳飞的忠义，为了怕自己的后人破坏自己忠义的名声，他亲自绑了岳云等人一起上风波亭，并留下遗言令手下兄弟力保朝廷，全力抗金。他的愚忠令人感叹，冤死在风波亭内又令人惋惜悲叹，这种悲剧气氛的营造十分感动人心。

·学习与借鉴·

1.人物刻画：这一章中，秦桧指使手下加害岳飞，用尽了各种卑劣的手段，成功塑造了万俟卨、罗汝楫两个卑鄙小人的形象。文中对他二人采用了语言、心理、神态、行动等各个方面的描写，令这两个奸贼的形象鲜明立体，受万人唾骂。与此相反，忠臣王横、张保、倪完等形象也塑造得有血有肉，丰满立体，令读者在对比中体会每个人物的个性特色。

2.结构完整：这一章是全书的最后一章，不仅详细地描述了岳飞被害的过程，还简要交代了岳飞遇害后他手下兄弟的所作所为，并交代了秦桧、万俟卨、罗汝楫等奸臣的下场和岳飞死后平冤昭雪的过程，让读者明白，公道自在人心，奸臣当道只是一时的，用岳飞的话来说就是："且看冥冥之中，那奸臣受用到几时！"作为全书的结尾，这一章交代了众人的结局，完满地结束全文，给读者留下一个个血肉鲜明的人物形象。

名著知识要点

作者及年代	《说岳全传》作者为清代钱彩。
地位与影响	《说岳全传》是一部清代长篇历史小说，它一方面吸收了过去“说岳”演义的精彩部分，同时又加进许多民间传说，使它显得故事性强，塑造了岳飞和他的部将形象，表现了强烈的民族意识和爱国精神，其成就和影响都超过了之前的以岳飞为主角的作品。
作家作品评价	《说岳全传》是一部以岳飞抗金故事为题材，带有某种历史演义色彩的英雄传奇小说。作品语言通俗流畅，简洁明快，精彩动人，可读性强。在纵向主线分明的同时，又注意了横向方面情节的生动性和人物性格的丰富性，纵横交错，条理清晰，主干突出，枝叶茂密。叙事模式多样，如悬念、埋伏、照应、对比、烘托、渲染等手法运用自如。
人物形象	主人公岳飞从小志向远大，忠心爱国。他自小勤练武功、熟读兵书，就是希望在国家危难之时能够挺身而出，报效祖国。他为人亲和孝顺，重情重义，待人宽厚，严于律己。不幸被奸臣所害，含冤而死，但他的忠义精神和形象感染了一代又一代人。
内容概要	本书从岳飞出世一直写到岳飞被秦桧夫妻所害，最终父子一起冤死风波亭，展现了岳飞忠心爱国、奋勇杀敌的一生。文章通过对岳飞苦读学艺、奉诏抗金、大败兀术、成功剿匪等情节的详细叙述，体现了岳飞忠义英武的形象。然而岳飞几次被奸臣陷害，最终被害死，抗金保国的远大抱负也没能实现，体现了北宋末年、南宋初期社会政治的黑暗腐朽。

续表

文章主旨	文章通过对岳飞的一生和岳家军抗金功绩的描述，歌颂了爱国英雄岳飞的忠孝仁义和岳飞与部将兄弟之间的深情厚谊。岳飞的被害揭露了封建社会黑暗而腐朽的政治环境，无情地鞭挞了奸臣误国的封建朝廷和在这样的环境中民不聊生的社会现实。岳飞的遇害给忠臣良将们敲响了警钟，让人们在阅读中产生深刻的思考。
主要艺术特色	语言生动、形象、传神。 人物形象丰满，性格突出。 运用了多种表现手法，新颖、别致。 使用顺叙、倒叙、插叙、补叙等多种叙述模式，使文章情节曲折又通顺自然。
精彩片段	岳飞枪挑小梁王；岳母刺字“精忠报国”；岳家军大战爱华山；太湖剿匪；高宠枪挑铁滑车；八锤大闹朱仙镇；大破牛头山；杨再兴误走小商河；岳飞大破连环甲马；风波亭父子归神。
经典语句	“为人在世，须要烈烈轰轰做一番事业，保家卫国，显祖扬名。哪有看着国家危难，自己安闲度日之理？” “国难当头，我们兄弟几人空有一身武艺却无法报效国家，实在于心不安。”

阅读自我测试

1.《说岳全传》的作者及年代分别是____________________。

2. 请列举《岳飞传》中的五位主要人物：__________________

____。

3. 在下列横线上写出两个你最喜欢的人物形象，并说明为什么。

____

____

4. 找出文中的一个排比句，抄写在下面的横线上。

____

____

____

5. 下列说法正确的一项是（　）

A. 岳飞刚刚生下来，他的父亲就生病而死了。

B. 岳飞的家乡在陕西相州汤阴县。

C. 枪挑小梁王使岳飞一战成名，被天下英雄交口称赞。

6.“他们从后山转到‘乱草冈’，远远望见一个面如黑炭的壮汉，盔甲俱全，骑着一匹乌骓马，手提两条四棱镔铁锏。面前跪着十五六个商人，都磕头求饶道：‘望大王饶命！’那黑大汉连声呵斥，让他们把财物都交出来。”

这一段描写的是哪个人？主要使用了哪种描写方法？说说这段描写体现了黑大汉怎样的性格特征。

____

____

____

参考答案

1. 钱彩，清代

2. 岳飞，岳云，牛皋，秦桧，兀术（只要是文中出现较多的人物都可以）

3. 牛皋：性格憨厚朴实，活泼莽撞，真诚可爱，嫉恶如仇，个性潇洒，对人热情，敢于反抗。

岳云：年轻有为，本领高强，敢做敢当，敢于反抗不公平的待遇。

4. 岳公子银锤摆动，严成方金锤使开，何元庆铁锤飞舞，狄雷双锤并举，一起一落，金光闪灿，寒气缤纷！

5.C

6. 牛皋；外貌描写。

这段外貌描写十分精彩传神。牛皋从头到脚都是黑色的，体现出他为人耿直憨厚、性格莽撞的特点，也从侧面体现出他是一员猛将，具有勇猛无敌的性格特征。